DE HAND VAN DE DODE MAN

RENEE ROSE

Vertaald door
TINNE DAMEN

RENEE ROSE ROMANCE

Auteursrecht © 2019 Dead Man's Hand en 2022 De hand van de dode man door **Renee Rose**

Alle rechten voorbehouden. Dit exemplaar is ALLEEN bestemd voor de oorspronkelijke koper van dit boek. Geen enkel deel van dit boek mag gereproduceerd, gescand of gedistribueerd worden in gedrukte of elektronische vorm zonder voorafgaande schriftelijke toestemming van de auteur. Gelieve niet deel te nemen aan of aan te moedigen tot piraterij van auteursrechtelijk beschermd materiaal in strijd met de rechten van de auteur. Koop alleen officiële edities.

Gepubliceerd in de Verenigde Staten van Amerika

Renee Rose Romance

Dit boek is een fictief werk. Hoewel er verwezen kan worden naar werkelijke historische gebeurtenissen of bestaande locaties, zijn de namen, personages, plaatsen en incidenten ofwel het product van de fantasie van de auteur of fictief gebruikt, en iedere gelijkenis met werkelijke personen, levend of dood, bedrijfsvestigingen, gebeurtenissen of locaties berust op louter toeval.

Dit boek bevat beschrijvingen van vele BDSM- en seksuele praktijken, maar dit is een fictief werk en dient als zodanig op geen enkele wijze als leidraad te worden gebruikt. De auteur en uitgever zijn niet verantwoordelijk voor enig verlies, schade, letsel of dood als gevolg van het gebruik van de informatie die erin staat. Met andere woorden, probeer dit niet thuis, mensen!

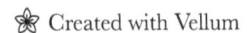

❦ Created with Vellum

WIL JE GRATIS BOEKEN?

Ga naar https://www.subscribepage.com/reneerose_nl om je in te schrijven voor Renee Rose's nieuwsbrief en ontvang gratis boeken. Naast de gratis verhalen, krijg je ook speciale prijzen, exclusieve previews en nieuws over nieuwe uitgaves.

ACKNOWLEDGMENTS

Dankwoord:

Dank je wel aan Rhonda Butterbaugh voor het bedenken van de titel voor dit boek. De Hand van de Dode Man past perfect bij Gio en de Man die Leefde (Jep, ik ben een Potterhead. Wie niet?).

PIANO AFSPEELLIJST

Solfeggietto van C.P.E. Bach
   Get Lucky van Daft Punk
   Birthday van The Beatles
   The Scientist van Coldplay
   Always a Woman van Billy Joel
   Piano Man van Billy Joel
   Hallelujah van Leonard Cohen
   Paint it Black van the Rolling Stones
   Marry Me van Train
   Marry You van Bruno Mars
   Marry Me van Dean Martin

HOOFDSTUK EÉN

Gio

Eerst het brandende gevoel. Dan het bloed dat door mijn vingers sijpelde. Het geluid van Paolo die mijn naam schreeuwt boven het geknal van meerdere geweren.

Gio, nee!

Gio is geraakt!

Het is de afschuw van het verlies dat in zijn stem klinkt dat mijn hart doet bonzen. Niet de pijn. Niet mijn eigen angst voor de dood. Ik denk niet aan mijn dood op dat moment. Niet toen het gebeurde en ook niet in de nachtmerries die me iedere nacht plagen.

En altijd het meisje.

Ze zit in iedere nachtelijke herhaling. Soms wordt ze ook neergeschoten. Dat zijn de ergste. Mijn onvermogen om haar te redden, om haar te beschermen tegen schade maakt dat ik daar wil sterven. Andere keren rent ze naar me toe, nadat ik neergeschoten ben. Ze slaat haar armen om me heen en we vallen allebei neer.

Haar blauwgroene ogen ontmoette altijd de mijne zodra het eerste schot wordt afgevuurd. Ik zie hoe ze verschrikt opkijkt wanneer de kogel door mijn midden scheurt.

Dat is het moment dat haar in mijn dromen houdt. Tijdens die fractie van een seconde, wanneer ik door het raam kijk en zeker weet dat ik ga sterven, is haar gezicht het gezicht dat ik zie. Mijn angst is voor haar veiligheid en om neergeschoten te worden waardoor ik haar niet meer kan beschermen.

In haar blik, ik zweer het, zie ik het allemaal terug gespiegeld naar mij. Zij denkt ook dat ik ga sterven en ze is bang dat ze me niet op tijd waarschuwde.

Want ze heeft het geprobeerd. Ik herinner me iedere milliseconde van dat deel. De vijf ademhalingen voor ik neergeschoten werd. Ik herinner me de manier waarop ze probeerde om me te waarschuwen met haar ogen. De manier waarop ze weigerde weg te gaan en zich in veiligheid te brengen, ook al wist ze dat haar café op het punt stond om te veranderen in glas en hout en kogels en bloed.

Ze is zoals een engel in een droom - haar bleke gezicht het baken dat ik gebruik om mijn eigen dood te begrijpen.

Alleen ga ik niet dood.

Ik ben niet doodgegaan.

En je zou denken dat dat alles kristalhelder zou maken. Die hele bijna-dood ervaring. Het zou je moeten doen beseffen waar je spijt van hebt. Waar je naar verlangt. En dan krijg je een tweede kans om een goed leven te lijden.

In plaats daarvan zit ik gevangen in een door een nachtmerrie veroorzaakte mist. Terwijl ik probeer om de betekenis te ontwarren, ga ik door met de normale gang van zaken.

Het Caffè Milano-meisje heeft de antwoorden niet - ik weet niet waarom of hoe mijn onderbewustzijn zoveel betekenis aan haar gaf. Ze zat gewoon gevangen in het midden van een slechte scène tussen de Russische bratva en onze familie.

En toch kan ik haar niet uit mijn gedachten krijgen.

De engel van mijn dood.

Bijna-dood.

Marissa. Een onschuldig meisje dat ik niet mag besmeuren.

Een meisje dat al te veel gezien heeft.

Een risico.

~

Marissa

Sommige dingen kun je gewoon niet vergeten. Je kunt niet zeggen dat je het niet hebt gezien. Kunt niet zeggen dat je het niet hebt gehoord.

Overal bloed op deze vloeren. Het geluid van geweerschoten. De manier waarop mijn hart stopte toen Junior Tacone dat pistool op me richtte, de beslissing nam of ik zou leven of sterven.

Ik haat deze tijd van de dag wanneer het aantal klanten vermindert en ik tijd heb om de dingen te herinneren.

Het is zes maanden geleden dat het gevecht tussen de Russische en Siciliaanse maffia in Caffè Milano uitbrak en ik ben nog steeds bloednerveus. Ik bestudeer nog steeds iedere klant die binnenkomt en bid dat het geen Russische maffia is die wraak komt nemen. Of om me af te persen voor informatie over hoe ze de Tacones kunnen vinden.

Maar ze zijn niet gekomen. Niemand is gekomen, behalve de Tacones met hun ruitenreparateurs en genoeg geld om onze hele keuken te upgraden. Wat goed was, want onze inloopkoelkast was op sterven na dood en deze plek is niet meer verbouwd sinds mijn grootouders het openden in de jaren 60.

Ik haal een kom pastasalade uit de koeltoog om het in de inloopkoelkast te zetten voor de nacht. Wanneer ik terugkom, bevries ik en hap ik naar adem.

Eerst denk ik dat het Junior Tacone is die aan mijn toog staat.

De man die een gangster werd in mijn zaak en zes jongens heeft neergeschoten. Degene die verondersteld wordt de beschermer van deze buurt te zijn.

Het is Junior niet. Het is zijn broer, Gio Tacone, degene die een kogel opving op de stoep. De man waarvan ik dacht dat hij dood was.

"Meneer Tacone!" Ik vervloek mezelf omdat ik ademloos klink.

"Gio," corrigeert hij. "Marissa, hoe gaat het?"

Hij kent mijn naam!

Dat kan ik niet zeggen van Junior, het huidige hoofd van de familie. En ik wou dat het geen fladderige dingen deed met mijn binnenste, maar dat doet het wel. Gio rust met een onderarm op de toog en houdt me vast met een donkere hazelnootkleurige blik.

Hij is puur man - snoepgoed. Met die gebeitelde goede looks, had hij gemakkelijk een acteur of model kunnen zijn en hij heeft ook de charme die daarbij past.

"Je leeft nog," flap ik eruit. Ik wist niet dat hij het overleefd had. Ik heb de kranten bekeken en zijn naam gegoogled na de schietpartij, en er waren geen berichten over zijn dood, maar ik heb hem met mijn eigen ogen een kogel zien opvangen. "Ik bedoel, je hebt het overleefd. Ik ben zo blij." Dan bloos ik, want, ja. Ik mag waarschijnlijk niet praten over wat er gebeurd is, ook al zijn we hier maar met z'n tweeën.

Gio pakt mijn pols vast en zorgt ervoor dat ik mijn

hand stilhoud. Zijn duim strijkt over mijn pols terwijl mijn vingers trillen in de ruimte tussen ons. "Waarom tril je, popje? Ben je bang van me?"

Bang voor hem? Ja. Zeker weten. Maar ook opgewonden. Hij is de enige Tacone broer die ik graag wil terugzien. Dat was altijd al zo, zelfs toen ik nog maar tien jaar oud was en tafels schoonmaakte terwijl de maffiamannen elkaar ontmoetten.

"Nee!" Ik trek mijn hand weg. "Ik ben gewoon gespannen. Weet je - sinds... wat er gebeurd is. En jij liet me schrikken."

Zijn blik dringt door, alsof hij weet dat er meer aan de hand is, en hij wil het allemaal weten. Een merkwaardige verschuiving vindt plaats in mijn borstkas.

Ik stop een verdwaalde haarlok achter mijn oor om mijn toenemende ongemak te verbergen.

"Heb je nachtmerries?" raadt hij, alsof hij mijn gedachten heeft gelezen.

Ik knik één keer. Dan dringt het tot me door hoe hij dat weet. "Jij ook?"

Ik verwacht niet dat hij het opbiecht, als dat zo is. Ik kom uit een Italiaanse familie. Ik weet dat de mannen geen zwakte toegeven.

Dus ik ben verbaasd als hij zegt: "De hele fucking tijd." Hij raakt de plek aan waar de kogel hem geraakt moet hebben.

"Wow."

De hoeken van zijn lippen bewegen in een vernietigende grijns. Deze man had echt in de showbusiness moeten gaan. "Wat? Denk je dat echte mannen geen nachtmerries hebben?"

"Misschien niet de mannen met een beroep zoals jij."

De glimlach vervaagt en hij trekt een wenkbrauw op.

Oeps. Ik heb een grens overschreden. Ik denk dat je het niet over het werk van een gangster mag hebben.

Ik negeer het snelle bonzen van mijn hart. "Sorry. Is dat iets waar we niet over mogen praten?"

Hij laat me twee tellen zweten en haalt dan half zijn schouders op, alsof hij besloten heeft om het los te laten. "Ik ben hier niet gekomen om je op je donder te geven; ik ben gekomen om te kijken hoe het met je gaat. Om te kijken of alles oké is met jou." Hij knippert met die donkere krullende wimpers die eigenlijk best vrouwelijk zijn, maar hij heeft die mannelijke vierkante kaak en aquiline neus. "Het klinkt alsof je het moeilijk hebt."

De alarmbel begint te rinkelen in mijn hoofd.

Accepteer nooit een gunst van de Tacones. Je zult er de rest van je leven voor boeten.

Dat is wat mijn opa altijd beweerde. Hij leende van Arturo Tacone om zijn zaak te beginnen en het kostte hem veertig jaar om het af te betalen. Maar afbetalen deed hij en hij was er verdomd trots op ook.

"Ik ben in orde. Het gaat goed met ons." Ik ga rechtop staan en til mijn kin omhoog. "Maar we zouden het op prijs stellen als je jullie vergaderingen voortaan ergens anders houdt." Ik weet niet waarom ik het zeg. Je maakt een maffiabaas beter niet kwaad door hem te beledigen of eisen te stellen. Ik had zeker een aardigere manier kunnen vinden om mijn verzoek te formuleren.

Nogmaals, hij denk even na voordat hij antwoord geeft. Mijn handpalmen worden klam, maar ik houd mijn hoofd omhoog en kijk hem aan.

"Akkoord," geeft hij toe. "We hadden geen problemen verwacht. Junior heeft spijt van wat er hier gebeurd is."

"Junior richtte een pistool op mijn hoofd." De woorden rollen eruit en hangen tussen ons. Te laat om ze terug te nemen.

"Junior zou je nooit pijn doen." Hij zegt het zo direct dat ik weet dat hij gelooft dat het waar is. Maar hij heeft niet gezien wat ik zag. Dat moment waarop hij aarzelde. Het gemompel van zijn man naast hem die zei dat ik een getuige ben.

Hij dacht erover na om me te vermoorden.

En besloot toen om het niet te doen.

Gio pakt mijn hand weer, houdt deze vast en streelt de rug deze keer. Zijn vingers zijn groot en krachtig, waardoor de mijne klein en delicaat lijken. "Dat is waarom je zo nerveus bent, hè? Het spijt me dat je bang werd, maar ik beloof je, je bent veilig. Deze plek staat onder onze bescherming."

Ik slik en probeer te negeren hoe aangenaam zijn aanraking is. Hoe fijn het is om gekalmeerd te worden door deze mooie, gevaarlijke man. Ik ga er nog verder op in. "Misschien zou het beter zijn als dat niet zo was." Mijn stem komt er niet stabiel uit. Er zit een trilling in die mijn zenuwen verraadt. Ik schraap mijn keel. "Weet je, je laat ons beter gewoon met rust."

Ik houd mijn adem in, gespannen voor zijn reactie.

Huh.

Als ik niet beter wist, zou ik zeggen dat mijn woorden Gio eerder kwetsten dan kwaad maakten. Maar hij haalt gewoon zijn schouders op. "Sorry, popje. Je komt niet van ons af. En je staat nu onder mijn toezicht. Wat betekent dat je absoluut veilig bent."

Ik wil hem zeggen dat ik zijn popje niet ben en dat hij zijn bescherming kan meenemen en kan opdonderen, maar ik ben niet gek. Ook wil een deel van mij dat hij mijn hand blijft strelen, me blijft bestuderen alsof ik de interessantste persoon ben die hij vandaag heeft gezien.

Maar ik weet dat dat allemaal een leugen is.

Gio is een player. En de reactie van mijn lichaam op zijn aanwezigheid is gevaarlijk.

Gio laat mijn hand los zodat hij zijn hand onder mijn kin kan leggen. "Je bent boos. Ik begrijp het. Je mag me vandaag een kleine klauw laten zien. Maar we hebben de schade die je familie heeft opgelopen betaald en zullen onze verplichtingen aan deze buurt en aan Caffè Milano nakomen."

Zijn aanraking is bevelend en vastberaden, maar toch zacht. Het maakt het gefladder in mijn buik steeds wilder.

"Gio," mompel ik, terwijl ik mijn gezicht van hem wegdraai en zijn aanraking vermijd. Mijn tepels zijn hard en wrijven tegen de binnenkant van mijn beha.

Hij haalt een briefje van honderd dollar uit zijn zak en laat het op de toog vallen. "Geef me twee van die cannoli's." Hij wijst naar wat hij wil.

Ik gehoorzaam zonder iets te zeggen en stop het briefje van honderd in de zak van mijn schort, zonder moeite te doen om hem wisselgeld aan te bieden. Ik denk dat als hij een briefje van honderd heeft gebruikt, dat was omdat hij met zijn geld wilde smijten en ik ga hem zijn gang laten gaan.

Hij grijnst een beetje wanneer hij het bord met de cannoli's oppakt en aan een tafeltje in het café gaat zitten om ze op te eten.

Fuck. Ik ben zo genaaid.

Gio Tacone heeft net besloten om van mij zijn lievelingsproject te maken. Waardoor de kans dat hij me aan het einde bezit, de lucht inschiet.

~

Gio

. . .

IK KAN NIET GELOVEN DAT IK HET MILANO MEISJE NET VERTELD HEB DAT IK NACHTMERRIES HEB.

Het is niet iets wat ik eerder hardop heb gezegd. Aan wie zou ik het trouwens vertellen? Junior zou zeggen dat ik me moet vermannen en het moet vergeten. Paolo zou me waarschijnlijk slaan waar de kogel erin ging en dan zeggen, "Zie je wel? Je bent in orde."

En mijn moeder? Ze weet niet eens dat ik neergeschoten ben. We houden de vrouwen buiten onze shit.

Maar nee, ik ben sindsdien niet meer dezelfde. En het is niet dat ik niet genezen ben, hoewel zelfs dat een tijdje kantje boordje was. Maar ik kan niet stoppen met denken over doodgaan nu.

Overal waar ik kijk, zie ik mensen die vandaag kunnen sterven zonder voorbereid te zijn. Een man steekt de straat over zonder te kijken en boem! Hij wordt aangereden door een taxi. Of een arme stakker krijgt een hersenbloeding en sterft terwijl hij de post haalt.

Geen kans om afscheid te nemen. Om de losse eindjes aan elkaar te knopen.

Dat had ik kunnen zijn.

En overal waar ik ga, zie ik ook mogelijke schutters. Ik kijk over mijn schouder voor die klootzakken, ook al weet ik dat de strijd voorbij is. Ze hebben mijn zus ontvoerd, maar ze is met de bastaard getrouwd, en we hebben een wapenstilstand afgesproken.

Dat weerhoudt me er niet van om te denken dat iedere hand in een zak, naar een pistool grijpt. Ik zie schaduwen van de muren springen en op me afkomen.

Ik kwam hier vandaag om te kijken of het meisje oké was. Dat deel was waar. Maar ik wilde ook terugkomen naar die plek. Mijn demonen onder ogen komen. Ervoor zorgen dat het koude zweet me niet uitbrak wanneer ik voor de deur zou staan waar ik neergeschoten ben. Me niet als een mietje gedragen, alleen omdat ik een stukje lood voor mijn familie heb opgevangen.

Goed nieuws: ik heb het niet gedaan.

Slecht nieuws: Ik weet niet zeker waar ik voor leef.

Ik bedoel, ik heb deze tweede kans gekregen.

Ik ben niet gestorven. Ik ben een wandelende dode man. Waarom voelt mijn leven dan plots zo leeg aan?

Ik zit en kijk naar Marissa die de boel aan het afsluiten is. Ze is jong, heeft nog een heel leven voor zich. Ze leeft nog ergens voor.

Nogal intens ook.

Ik wil plots weten wat dat is. Ik wil al haar diepe, verborgen geheimen kennen. Haar verlangens. Ze werpt een paar blikken op me. Ik maak haar nerveus. Een beetje zelfbewust. Maar ik laat haar ook blozen, wat mijn pik doet trillen.

Ze is mooi, maar weet dat zelf nog niet. Of minimaliseert het omdat ze de aandacht van mannen niet wil. Ze is jong, slim en uiterst bekwaam. Ze kan niet ouder zijn dan vijfentwintig en ze runt deze plek al een paar jaar. Ik meen me te herinneren dat haar grootmoeder opschepte dat ze naar de koksschool ging.

Daar heeft ze veel kennis opgedaan. Ze zit nog steeds vast in het familiebedrijf, doet wat er van haar verwacht wordt.

Net zoals ik.

Ik sta op en laat mijn bord op de tafel staan zodat zij het kan ophalen. Als ze aardiger was geweest, had ik het naar de toog gebracht, zeker als je bedenkt dat zij de zaak wil sluiten en ik de klootzak ben die hier nog zit. Maar ze hield mijn honderdje en was een bitch.

Dus, ze kan het ophalen wanneer ik weg ben.

Ik slenter naar de deur en vergeet even mijn arrogantie wanneer de scène op de stoep zich opnieuw voor me afspeelt. De geur van mijn eigen bloed vult mijn neusgaten. Ik zie het gezicht van Ivan, de klootzak die ons erin geluisd heeft. De moord in Juniors ogen toen hij zijn pistool trok. Ik hoor Paolo's paniek op het moment dat hij me opving.

Een aanraking van mijn arm brengt me terug. Ik kijk omlaag in wijde zeeblauwe ogen.

Net zoals in de nachtmerries, alleen is haar gezicht dit keer zacht.

Ze zegt even niets. Er is medelijden te zien in haar blik. Ze begrijpt me. "Ik heb geprobeerd om je te waarschuwen." Tranen springen in haar ogen. Ik vraag me af of haar nachtmerries net zoals de mijne zijn, maar dan langs de andere kant. Ziet ze me keer op keer neergeschoten worden, nacht na nacht?

Ik sla een arm om haar middel en trek haar naar me toe voor een omhelzing. "Ik weet dat je dat deed."

Verdomme, ze is betoverend.

"Dank je, Marissa." Ik wil dat ze mijn oprechtheid ontvangt.

Ze aarzelt en slaat dan haar armen om mijn nek, zoals in een droom. Ze ruikt naar koffie en zoete room. Ik wil haar huid likken om te zien of ze net zo lekker smaakt als ze ruikt.

"Ik ben blij dat je het hebt gehaald, Gio. Ik dacht dat je dood was." Haar stem is laag en hees. Ik heb mezelf verteld dat ze te jong is voor mij, en dat is ze ook, maar alles aan haar toont dat ze een vrouw is die weet wat ze doet.

"Ja. Ik ook, popje." Ik druk een kus op de bovenkant van haar hoofd en probeer de zachtheid van haar borsten die tegen mijn ribben drukken te negeren.

Hoe graag ik haar ook wil kussen, wat helemaal niets voor mij is. Ik ben meer van het hard neuken en op hun kont slaan wanneer ze de deur uitlopen.

Kussen is niet echt mijn ding.

Maar ze zag mijn dood. Mijn bijna-dood. Het moment dat alles veranderde. Zij was er een deel van. Dus, ik beeld me een soort connectie in.

Maar dat is dom.

Ik zou geen betekenis aan dingen moeten toekennen omdat ik ze wil kunnen begrijpen.

Ik werd neergeschoten.

Punt uit.

Het is voorbij.

Tijd om weer verder te gaan met mijn leven.

~

Marissa

"KIJK UIT, HENRY IS OP ROOFTOCHT," waarschuw ik mijn collega chef, Lilah, terwijl ik in de marinarasaus roer. De temperamentvolle chef haalt iedereen onderuit, links en rechts.

Ze rolt met haar karamelkleurige ogen. "Wanneer is hij dat niet?"

"Nou, ik denk dat als ik chef-kok was, ik ook een temperamentvolle bitch zou zijn," mompel ik zachtjes terwijl ik twee gevulde kippenborsten uit de oven haal en ze op een bord zet. "We weten in ieder geval wat we kunnen verwachten. Maar weet je wat ik echt niet meer aankan?"

Lilah hakt de asperges diagonaal, zodat ze allemaal even lang zijn. "Arnie?" fluistert ze terug.

"Ja." Arnie, de figlio di puttana sous-chef is een wellustige, betastende lul die op de een of andere manier denkt dat alle vrouwen in de keuken hem dolgraag willen pijpen.

"Hij sloeg op mijn kont in de gang vanavond. Betastend. Het was walgelijk en ongepast."

"Ja, als je een kont gaat vastgrijpen, doe het dan op zijn minst stevig, toch?" Lilah grijnst, met kuiltjes in haar chocoladebruine huid.

Ik snuif. Lilah maakt me altijd aan het lachen. Zij is de enige andere jonge persoon die in deze keuken werkt. Ze is hier op haar zestiende begonnen als afwasser en heeft zich de afgelopen vijf jaar omhoog gewerkt. Ze is absoluut een van mijn favoriete mensen bij Michelangelo's.

"Toch? Het is als griezelige mishandeling versus regelrechte seksuele intimidatie. Ik weet het niet. Ik weet alleen hoe verkracht ik me nu voel.

"Wat deed je toen het gebeurde?"

"Ik zei dat hij met zijn handen van mijn kont moest blijven."

"En laat me raden, hij lachte alsof je iets schattigs zei."

"Ja. Geweldig."

"Je moet het aan Henry vertellen."

"Juist. Want dat zal goed aflopen. Henry is degene die denkt dat vrouwen dit werk niet aankunnen. Arnie heeft me aangenomen. Ik heb het gevoel dat zijn oplossing zou zijn dat ik hier moet stoppen."

Ik dien een steak op en schep er wat peperkorrel demiglace overheen.

"Man, het is illegaal. Michelangelo's kan een rechtszaak krijgen als wij het melden en zij niets doen."

"Ja..." En mijn bazen weten ook dat we geen van beiden geld hebben voor een rechtszaak. "Misschien houd ik gewoon een vork in mijn zak en de volgende keer dat hij bij me in de buurt komt, duw ik die in zijn dij."

Lilah onderdrukt een lach. "Dat zal hem leren."

Arnie loopt langs, ze pakt een vork en kijkt hem veelbetekenend aan.

Ik buig mijn hoofd om mijn lach te verbergen.

Helaas krijg ik de rest van de avond niet meer de kans om een vork te gebruiken. Tegen de tijd dat we klaar zijn met schoonmaken en alles opruimen, doen mijn voeten pijn en wil ik bijna doodvallen, maar ik ben gelukkig.

Ik hou van dit baantje, zelfs met al die onzin. Ik hou van grapjes maken met Lilah; ik hou van de opwinding van bord na bord op tafel zetten met de druk van perfectie. Ik hou van het werken met dure, gourmet-ingrediënten, het maken van de kunstwerken die Henry heeft bedacht. Ik voel altijd een adrenalinestoot die me nog lang na sluitingstijd op de been houdt.

Ik zou bijna willen dat Caffè Milano failliet was gegaan na de schietpartij, zodat dit mijn enige baan was. Maar dat is egoïstisch. Mijn grootouders hebben me opgevoed en ik heb alles aan hen te danken. Caffè Milano is hun hele wereld en ze worden oud. Mijn tante en ik zijn degenen die de zaak draaiende houden. Zelfs nu tante Lori daar fulltime werkt, moet ik steeds meer invallen naarmate mijn grootouders ouder worden. Dus ik moet dit volhouden tot zij sterven, of tot mijn nichtje Mia oud genoeg is om te helpen - als ze dat al kan met haar heup - het zal dus voorlopig ook mijn hele wereld zijn.

∼

IK VERWACHT NIET DAT ER IEMAND BIJ MIJN GROOTOUDERS IS WANNEER IK THUISKOM, maar alle lichten zijn aan.

"Hé, jongens," zeg ik wanneer ik de deur openduw.

Zowel mijn grootouders als tante Lori zijn wakker, zitten rond de eetkamertafel en zien eruit alsof er net iemand gestorven is. De ogen van mijn tante zijn roodgerimpeld en de mond van mijn nonna is tot een strakke lijn samengeknepen, de verslagenheid staat op haar verfrommelde gezicht geschreven.

"Wat is er aan de hand?" vraag ik wanneer ze me alleen maar aankijken. "Wat is er gebeurd?"

"Dit ziekenhuis heeft vanmiddag gebeld." Snuift mijn tante. "Omdat we geen verzekering hebben, weigeren ze de operatie voor Mia. Ze zeiden dat ze er alleen mee door zullen gaan als we morgen voor sluitingstijd langskomen met een cheque van 30.000 dollar."

"Wat?" Dertigduizend dollar. Dat is de gangbare prijs voor een heupoperatie deze dagen. Gestoord. "Nou, dat is gelul... onzin."

Tante Lori huilt weer. Haar dochter, mijn nichtje van acht, is een paar maanden geleden in de speeltuin gevallen en heeft op de een of andere manier haar heup gebroken. Ze is toen geopereerd, maar het arme kind heeft nog steeds constant pijn en haar nieuwe chirurg zegt dat de schroeven eruit zijn gekomen en haar pijn doen, en dat het hele gewricht moet worden gereconstrueerd. Nogmaals. Het is echt tragisch voor een achtjarige om deze ellende mee te moeten maken.

"Ik weet het. En ik weet niet eens wat ik Mia moet vertellen. We proberen al zo lang om haar te verlossen van de pijn."

Nu krijg ik tranen in mijn ogen. Het is niet goed voor een kind om constant pijn te hebben. Om niet met haar vriendjes te kunnen spelen, of gewoon op school rond te kunnen rennen. En dat allemaal omdat de gezondheidszorg in dit land zo slecht is.

Mijn tante en ik, die bij Caffè Milano werken, verdienen allebei te veel om voor Medicaid in aanmerking te komen, maar we kunnen ons geen ziektekostenverzekering veroorloven. Mijn grootouders kunnen tenminste Medicare krijgen.

Ik ga op een stoel zitten en schop mijn schoenen uit. "We komen er wel uit," beloof ik.

Ik weet niet hoe of wanneer ik de persoon ben geworden waar dit gezin naar kijkt voor antwoorden, maar op een bepaald moment was ik het. Mijn moeder heeft me als kind in de steek gelaten, dus dit is mijn kerngezin: mijn bejaarde grootouders, mijn tante die, net zoals mijn moeder, jong en buiten het huwelijk zwanger is geraakt, haar dochter Mia en ik. We blijven bij elkaar en zorgen voor elkaar. We zijn familie en we lossen dingen samen op.

"Hoe?" jammert tante Lori . "Hoe komen we aan 30.000 dollar tegen morgen?"

Soms moet je de vraag op de juiste manier formuleren om het antwoord te ontdekken.

Het wordt ineens zo duidelijk als wat. Onvermijdelijk, zelfs.

De Tacones hebben geld. Stapels geld. Alles kan aan hen gevraagd worden.

Alles wat ik moet doen is mijn ziel verkopen.

Fuck.

Ik zeg niets in het bijzijn van mijn grootouders omdat ik weet dat het hen zou doden.

"Ik zal morgen kijken of ik een lening kan krijgen. Ik weet zeker dat de bank ons wat zal geven met het café als onderpand."

Tante Lori is te radeloos om mijn leugen op te merken. Te wanhopig waardoor ze zich vastklampt aan een antwoord. "Denk je dat?"

"Absoluut. Ik zal het morgen uitzoeken. Dat beloof ik."

Mia heeft hulp nodig. Tijd om de broek te dragen en te doen wat gedaan moet worden.

∽

Gio

Ik word wakker van het geluid van mijn eigen schreeuw, de "Nee!" die tegen de muren van mijn slaapkamer weerkaatst, Marissa's geschrokken gezicht dat op mijn netvlies gebrand staat, die blauwgroene ogen helder van de tranen.

Klote.

Ik gooi het laken van mijn bezwete lichaam en sta op, met een trekkende doffe pijn in mijn zij. Het littekenweefsel wordt met de dag stijver.

Desiree - Juniors bruid, de verpleegster die mijn leven heeft gered- zegt dat ik het littekenweefsel moet laten behandelen. Ze wil dat ik naar een fysiotherapeut ga of iets dergelijks, maar dat kogelgat is het bewijs voor de misdaad die Junior heeft begaan, het doden van die klootzakken die me hebben neergeschoten. Dus ja, dat gaat niet gebeuren. Ik hou het bij mijn ochtendloopje en het gewichtheffen in mijn sportruimte thuis.

Ik sta zonder shirt voor het raam van mijn appartement en kijk uit op Lake Michigan. Zeilboten doorkruisen het water, schilderachtig. Misschien moet ik leren zeilen.

De gedachte valt als een baksteen, zoals alle gedachten die ik heb voor mijn leven. Voor mijn toekomst.

Meh.

Ik leef in een verdomde droom hier. Penthouse-appartement direct aan Lake Shore Drive, luxueuze inrichting, een zwarte Mercedes G in de garage.

Ik was hem al aan het pimpen voordat ik een tweede kans in het leven kreeg. Dus waarom ben ik de minst dankbare klootzak van Chicago? Ik zou iedere dag wakker moeten worden en mijn geluksterren moeten bedanken voor alles wat ik heb om voor te leven.

Maar dat is het nou juist.

Er is niets om voor te leven.

Zelfs de glorie van het zakendoen is verdwenen.

Ik zeg niet dat ik het mis. Het geweld, het gevaar. De intrige. Maar er was een zekere adrenalinestoot die ik voelde bij iedere interactie. De sensatie van het regelen van zaken. Geld zien vermenigvuldigen. Het uitlenen. Het innen.

Junior heeft veel van de zaken gesloten nadat ik neergeschoten werd. Hoewel dat misschien meer was om weer echtgenoot en vader te worden dan doordat hij mij bijna had verloren. Niet dat ik denk dat hij niet heeft geleden onder wat er is gebeurd. Ik weet dat hij dat deed. Doet.

Zijn taak was altijd om me te beschermen, vanaf het moment dat ik geboren werd. En dat heeft hij gedaan. Zelfs toen dat betekende dat hij me moest beschermen tegen het oordeel van onze eigen vader. Hij en Paolo waren de slechteriken, en ik was de slimmerik. Ik deed de mooie praatjes als dat nodig was. Speelde de goede agent, niet dat we ooit agenten speelden.

Ik loop de woonkamer in, nog steeds in mijn boxershort, en ga zitten op de kleine vleugelpiano in de hoek. Mijn vingers bewegen automatisch over de toetsen, het zit in mijn geheugen zonder dat ik moet nadenken. Ik heb mijn muziek nog. Jammer dat het niet genoeg is.

Mijn telefoon gaat naast me, ik stop met spelen en neem op. Het is het nummer dat ik gebruik voor vrouwen, alleen ben ik sinds het ongeluk niet meer met een vrouw geweest.

Marissa. Ik heb haar het nummer gegeven voor ik gisteren vertrok.

Maar ik dacht niet dat ze het zou gebruiken.

Ik neem op. "Met Gio."

"Gio, hoi. Met Marissa. Van Caffè Milano?" Ze klinkt nerveus.

"Alles oké, popje?"

"Eh, ja. Nou, ik moet met je praten. Kan ik je ergens ontmoeten? Niet in het café."

Ik weet niet waar ik op hoopte. Dat ze het lef had om me mee uit te vragen. Of dat ze me weer belde om te zeggen dat ze blij is dat ik nog leef.

Dat ze weet dat ik iedere nacht over haar droom.

Natuurlijk niet. Er is maar één reden waarom ik zo'n telefoontje krijg.

En ik haat het gevoel dat het me geeft.

"Natuurlijk, Marissa. Waarom kom je niet naar mijn kantoor?" Mijn pik wordt hard wanneer ik haar het adres van mijn appartement geef, ook al weet ik dat het niet zal lopen zoals ik verwacht.

Maar het idee alleen al dat ze hier is, maakt me opgewonden.

Ik hang op en knijp in mijn pik. Naar beneden, jongen. Dit zijn zaken, geen pleziertjes.

Fucking jammer.

HOOFDSTUK TWEE

Marissa

Gio woont aan Lake Shore Drive op de bovenste verdieping van een herenhuis van een miljoen dollar. Ik nam het openbaar vervoer en liep de rest van de weg op mijn hoge hakken. Ik heb blaren tegen de tijd dat ik zijn gebouw bereik en ik vervloek alles van mijn plan.

Ik heb achter in mijn kast gezocht naar een zijden blouse, een kokerrok en die vervloekte stiletto's, maar nu vraag ik me af wat ik in godsnaam dacht. Ben ik hier om mezelf te verkopen aan Gio? Me aankleden als een mooi stuk vlees, een beetje flirten en dertigduizend krijgen?

Ik denk toch dat het beter is dan mijn alternatief, om het café terug te geven aan de Tacones, wat mijn grootvader absoluut zou doden. Ik weet niet eens of de zaak zoveel waard is. We bezitten het onroerend goed niet. Ik weet niet eens zeker of een bank ons een lening wil geven voor onze zaak.

Het is een mooie herfstochtend, maar ik heb het

ijskoud wanneer de portier de deur voor me opendoet en mijn naam noteert om naar Gio te bellen.

Dit is voor Mia, blijf ik tegen mezelf zeggen.

Maar in de lift verlies ik de moed.

Gio zal het café willen. Ik kan het hem niet geven. Dat kan ik niet. Mijn grootouders zouden het niet toestaan, zelfs niet voor Mia.

Ik denk na of hij me het geld voor iets anders zou geven - voor mij? Was dat het idee in mijn achterhoofd? Het is - belachelijk. En ik wil niet bedelen of mezelf prostitueren.

Er moet een andere manier zijn.

En die is er.

Ik heb informatie over de Tacones. Ik kan er gebruik van maken. Ze hebben ons al zwijggeld betaald toen ze te veel betaalden voor de reparaties na de schietpartij. Ze kunnen nog een beetje meer betalen.

Ik recht mijn rug, loop de lift uit en hou mijn hoofd omhoog wanneer ik bij Gio aanbel.

Hij opent de deur, zoals gewoonlijk piekfijn gekleed, in een pak dat waarschijnlijk meer kost dan een auto, ruikend naar zeep en aftershave.

Hij werpt me een koele, onderzoekende blik toe, bekijkt mijn outfit en uitdrukking, doet dan een stap achteruit en nodigt me uit om binnen te komen. "Welkom, Marissa."

Het appartement is enorm, met een muur van ramen die uitkijken over Lake Michigan en een zwarte kleine vleugelpiano in de hoek.

"Speel jij piano?" De stomme vraag rolt uit mijn mond voor ik het kan stoppen. Ik ben nerveus. Ik zeg alles om de ruimte te vullen. Natuurlijk speelt hij geen piano. Een of andere binnenhuisarchitect heeft die er waarschijnlijk gezet.

Maar hij verrast me met een "ja".

"Echt?" Nu ben ik echt geïnteresseerd. Een maffiaman die piano speelt? Onverwacht.

"Echt, popje. Verrast?" Er zit een uitdaging in zijn toon en het komt in me op dat hij misschien zijn hele leven al tegen datzelfde stereotype heeft moeten vechten.

"Eh..."

"Mijn kantoor is langs hier." Hij is zakelijk en dat is teleurstellender dan ik wil toegeven. Maar dit is zakelijk. En ik moet mijn plan uitvoeren.

Voor Mia.

Hij leidt me naar het kantoor, ingericht met rood leer en mahoniehout. Mannelijk en comfortabel in een soort rijke herenstijl.

"Ga zitten." Hij wijst de beklede leren stoel aan die tegenover zijn bureau staat en gaat tegenover me zitten.

Ik ga zitten en kruis mijn benen als een dame. Vecht en faal om te slikken. Mijn tong zit in de knoop in mijn mond.

"Wat kan ik voor je doen, Marissa?" Deze ochtend is alles aan hem koel en beheerst. Zo anders dan de nonchalante charmante houding die hij in het café had.

Ik schraap mijn keel. "De schietpartij had een groot effect op de zaken," zeg ik, wat een leugen is. Het gebeurde 's avonds, wanneer er bijna niemand was en de Tacones betaalden om alles op te ruimen en ook voor de reparaties, dus we waren maar één dag dicht.

De manier waarop Gio een wenkbrauw optrekt, zegt me dat hij weet dat ik onzin uitkraam. Ik voel ook zijn afkeuring. Alsof hij weet waar dit heen gaat en het niet leuk vindt.

Ik ga snel verder. "We eisen nog een betaling van minstens dertig duizend om alles goed te maken."

Gio zegt geen woord. Er is niets van zijn gezicht af te lezen. Zelfs zijn ogen - die gewoonlijk zo warm zijn - zijn nu dood.

Mijn hart bonst zo hard dat ik zweer dat hij het kan horen. Het zweet druppelt langs mijn ribben.

"Waarom?" zegt hij.

"Excuseer?"

"Waar is het geld voor?"

Ik ben zo buiten adem dat ik nauwelijks kan praten. Maar ik dwing de woorden over mijn lippen. "Zodat we zwijgen," zeg ik.

Gio's mond verstrakt.

"Ik heb de politie verteld dat het de Russen waren. Maar ik zou ze kunnen bellen -"

Gio steekt een vinger op om me te onderbreken. "Zeg dat verdomme niet." Zijn blik is zwart als de nacht. "Serieus. Niemand chanteert een Tacone en loopt weg."

Ik verslik me in mijn adem.

Chantage. Ja, ik denk dat dat is wat ik net probeerde. En nu ben ik zo de lul.

Heeft hij me net verteld dat ik dood ben? Gaat hij me hier neerschieten? Of me naar een bos brengen en me mijn eigen graf laten graven?

Ik sta op van de stoel en loop naar de deur. "Je kunt niet... Ik ben... de politie weet dat ik hier ben," flap ik eruit. "Ik draag een microfoontje."

"Raak die deur niet aan." Zijn bevel klinkt met stalen autoriteit. Ik verstijf. Misschien heeft hij een pistool op mijn hoofd gericht.

Gio bereikt me bij de deur. Hij grijpt mijn polsen, klemt ze met één hand achter mijn rug vast en drukt me hard tegen het dikke, dure hout. Met de andere hand graaft hij in mijn Franse twist en trekt mijn hoofd naar achteren. "Je draagt een microfoontje." Zijn stem druipt van ongeloof.

Ik probeer te antwoorden, maar alleen een onverstaanbaar geluid ontsnapt aan mijn lippen.

"Nou, ik denk dat ik dat dan maar beter kan controleren." Zijn hand glijdt over mijn buik, in mijn blouse.

Op het moment dat hij dat doet, wordt de lucht tussen ons elektrisch. Alles verandert.

Hij weet zonder enige twijfel dat ik bluf. Zijn aanraking doorboort mijn huid, ook al gaat hij nauwelijks over het oppervlak. Hij houdt me gevangen terwijl hij in beide beha-cups kijkt, tussen mijn borsten, langs mijn rug. "Niets hier." Zijn stem klinkt dieper dan voorheen. Niet zo beheerst of boos.

Hij trekt de rits van mijn rok naar beneden en die valt op de grond aan mijn voeten. Ik draag lichtroze dijhoge kousen die passen bij mijn slipje en beha.

Hij maakt een tss-geluid. "Was dit echt je plan? Volwassen kleren aantrekken, me een beetje decolleté en die mooie benen laten zien en me dan bedreigen? Slechte zet, Marissa."

"H-het spijt me, meneer Tacone."

"Onze families kennen elkaar al heel lang. We zijn bondgenoten, schatje. Het enige wat je moest doen, was om het geld vragen en het zou van jou zijn. In plaats daarvan richt je een pistool op mij."

"Ik heb geen pistool."

Zijn grinnik is donker en dreunt door mijn lichaam, waardoor ze nog zwakker worden. "Metafoor, engel."

"Oh." Oh. Is dat alles wat ik kan bedenken om te zeggen? Ik zal sneller moeten denken als ik uit deze ellende wil geraken.

"Waarom zou je me bedreigen, Marissa? Je moet weten hoe makkelijk het voor mij is om jou en je hele familie uit te schakelen. Je hebt met je eigen ogen gezien waartoe we in staat zijn."

Mijn lichaam verstijft. IJskoud. "Je kunt me niet doden." Ik verslik me in mijn eigen speeksel.

Hij lacht opnieuw, maar verplaatst zijn hand van mijn haar naar mijn nek en drukt me tegen de deur, mijn wang wordt samengedrukt door zijn kracht. "Weet je dat zeker?"

Zijn andere hand begint snel over de achterkant van mijn slipje te zwerven, achter de tailleband, tussen mijn benen.

Kou verandert in een hete blos van verlegenheid. Hij geeft een lichte klap op mijn kont. "Geen draadje. Maar dat wisten we al. Je bent een slechte leugenaar, Marissa."

Ik verslik me in de tranen in mijn keel. "Maar je moest me toch fouilleren?"

Zijn zoekende hand rust lichtjes op mijn heup. Hij strijkt langs de zijkant van mijn dij en verder omhoog naar mijn middel. "Dat was geen fouillering. Je hebt nog kleren aan. Maar ik voldoe graag als dat is waar je op uit bent."

"Je bent ziek," bijt ik terug.

Hij geeft me weer een klap op mijn kont, deze keer hard. "En jij zit in een wereld van problemen." Hij trekt me van de deur weg en ik stap uit de rok aan mijn voeten voordat hij me omdraait, me naar de leren stoel laat lopen en me erin duwt.

"Ik ben teleurgesteld in je, Marissa." Hij staart op me neer met donkere, glinsterende ogen. "Zoals, hartverscheurend teleurgesteld."

Ik wrijf met mijn lippen over elkaar, mijn hart klopt zo snel als dat van een kolibrie.

Hij buigt zijn hoofd opzij. "Was het trots?"
"Wat?"
"Die je ervan weerhield om het gewoon te vragen?" Hij strijkt bedachtzaam met een vinger over de mouw van mijn blouse. "Feminisme?

Hij wil het echt weten. Ik denk dat ik hem echt beledigd heb door niet om de gunst te vragen. Hij wilde de man zijn die het toestond. Hij wilde een suikeroom voor me zijn en ik heb hem dat pleziertje ontzegd.

Waarom deed ik dat? Hij heeft gelijk. Het zou makkelijk geweest zijn. Ik wist dat hij me het geld zou geven. Ik denk dat ik gewoon een zekere mate van controle wilde tijdens deze interactie. Net zoals de gazelle die de leeuw probeert te domineren.

Ik slik langs de band van angst die rond mijn keel zit en knik. "Zoiets," geef ik toe.

Hij leunt tegen zijn bureau en kijkt me aan, met zijn armen nonchalant over zijn borst gevouwen. Hij is echt elegant in zijn dure pak en overhemd met knoopjes, die bij de hals openstaan. Hij werpt een koele blik over mijn lichaam, waardoor ik me plots bewust ben van het feit dat ik in mijn slipje sta, met de volledige lengte van mijn benen voor hem zichtbaar.

"Hoe pakt dat uit voor je?"

Hete tranen stromen over mijn wangen. Hij duwt zich van het bureau af en veegt er eentje weg met zijn duim. "Je hoeft niet te huilen. Een man als ik zou alles door de vingers kunnen zien als het om zo'n mooie vrouw als jij gaat. Zeker gezien onze familiegeschiedenis."

Zou kunnen.

Hij zou alles door de vingers kunnen zien.

En op dat moment geef ik aan mezelf toe dat ik dat al die tijd al wist. Ik wist dat hij me niet zou vermoorden. Ik wist dat ik niet de controle zou krijgen die ik zo wanhopig wilde. Ik wist dat het zover zou komen. Hij die seksuele gunsten van me eist.

En het stomme van dit alles is dat het idee niet walgelijk is omdat hij me verafschuwt. Of omdat ik geen seks met hem wil hebben.

Want eerlijk gezegd?

Dat wil ik wel.

Hij is zo sexy als de pest.

Het is omdat ik bang ben dat ik het leuk zal vinden.

Dat, en ik wil niet bij de duivel zelf horen.

"Ik ga geen seks met je hebben," flap ik eruit.

Ik denk dat hij boos gaat worden of erger nog, me koeltjes gaat vertellen waarom ik zo ben. In plaats daarvan strekt zijn glimlach zich breed uit. "Bedankt voor de verduidelijking, popje, maar ik ben niet geïnteresseerd. Ik hoef niemand te dwingen of te betalen voor seks, schatje."

Mijn gezicht wordt gloeiend heet, ook wanneer een soortgelijke tinteling mijn tepels doet trillen en mijn buik verwarmt. Ik voel nog steeds zijn handen over mijn hele lichaam. Overal waar die grote, ruwe handpalmen over mijn blote huid gingen.

Hij legt een vinger onder mijn kin en richt mijn gezicht naar het zijne. "Maar wat ga ik met jou doen? Dat is de vraag."

Ik knipper snel met mijn ogen om de tranen die zich op mijn wimpers vormen weg te krijgen.

"Hoeveel heb je nodig?"

Ik sta stil. Gaat hij me het geld geven? Nadat ik dit koninklijk heb verkloot? "Dertigduizend." Mijn stem kraakt.

"Waarvoor?"

Ik slik. "Mijn kleine nichtje moet geopereerd worden. Ze zou normaal maandag geopereerd worden, maar de verzekering weigert te betalen en het ziekenhuis heeft gebeld om te zeggen dat als ze vandaag niet voor sluitingstijd een cheque krijgen, ze het niet zullen doen."

Ik zweer het, Gio kijkt een beetje verdrietig. "Dat is alles wat je me hoefde te vertellen, weet je."

Ik krijg een zwaar gevoel in mijn buik. Alsof ik zijn teleurstelling in mij ten harte neem. Wat stom is.

"Je hoefde je benen of je decolleté niet te laten zien. Je

hoefde me verdomme niet te chanteren." Hij verheft zijn stem bij de laatste drie woorden en ik zie het Tacone temperament dat ik verwachtte.

Het trillen begint weer. "Het spijt me," fluister ik.

Hij vouwt zijn armen over zijn borst, zijn blik plotseling hard. "Het zou je ook moeten spijten."

Hij loopt achter zijn bureau en pakt een schilderij van de muur. Daarachter zit een kluis. Hij maakt hem open, haalt er drie stapels briefjes van honderd uit en gooit ze in mijn schoot.

∽

Gio

Ik zou niet zo gekwetst moeten zijn. Ik ben de man waar mensen naartoe komen wanneer ze geld nodig hebben. Meestal, als ze niets te bieden hebben, komen ze bedelen en smeken. De belofte van iedere gunst die ik vraag. Bedreigingen komen veel minder vaak voor.

Marissa was zo stom om dat te proberen.

Maar toch, het maakt alles zuur voor mij. Het maakt me niet minder hard voor haar, maar het verzuurt alles.

Ik hechtte een mythisch belang aan haar, het meisje dat terugkomt in iedere nachtmerrie. Ik voelde haar aantrekkingskracht tot mij. Ik vroeg me af of het misschien allemaal iets betekende.

Iets groters.

Alsof mijn tweede kans iets met haar te maken heeft.

Verdomme.

Ze heeft 30.000 dollar nodig, net zoals iedere andere zielige aanvrager van een Tacone-lening. En in plaats van het te vragen, komt ze binnen en eist ze het met een dreigement.

Ja, ik ben nog steeds boos. Ik wil haar een klap geven op haar kont.

Alsof ze mijn gedachten leest, kijkt ze naar me op, zonder de bundels geld aan te raken die ik in haar schoot gooide. "Het spijt me. Ik heb het echt verkloot. Verpest met jou." Haar lippen trillen, maar ze ontmoet mijn blik met moed. Ik geniet van de manier waarop haar borstkas op en neer gaat, waardoor de opening in haar zijden blouse over haar borsten verschuift. "Ik kan niet geloven dat je me nog steeds het geld geeft."

Ik ga weer op de rand van mijn bureau zitten. Het is een machtspositie. Ik kan nonchalant zitten terwijl ik nog steeds boven haar uittoren. "Ik zou het je meteen gegeven hebben, popje. Met alleen maar je grootmoeders verdomde cannoli als tegenprestatie. Maar nu ben ik nogal pissig."

Ze knikt. "Ik weet het." Een traan rolt uit de buitenste hoek van één oog, maar haar gezicht blijft onbewogen. Ze is moedig, dat moet ik haar nageven. Stom, maar ze heeft ballen. "Ik was van plan het gewoon te komen vragen. Ik weet niet waarom ik die kleren heb aangetrokken." Ze trekt de blouse naar beneden alsof het haar slipje bedekt als ze maar hard genoeg haar best doet.

Ik hou ervan als ze zo bloot is. Ik vind het veel te mooi.

"Maar toen werd ik bang. Ik was bang dat je eigenaar zou worden van Caffè Milano, zoals je vader. Het kostte mijn grootvader veertig jaar om hem af te betalen. Of ik weet het niet, misschien heeft hij het nooit gedaan en hebben jij en je broers het laten zitten toen je vader wegging..." Ze valt weg alsof ze bang is om me te beledigen.

"Naar de gevangenis?"

Ze knikt.

Ik denk aan haar en probeer me de zakelijke kant van de deal te herinneren. Milano's was altijd onze plek, zolang als ik me kan herinneren. Ik heb er nooit over nagedacht hoe of waarom. Junior zal het waarschijnlijk wel weten.

"Mijn vader gaf vaak leningen om mannen permanent onder de duim te houden." Je kunt het net zo goed bij de naam noemen. "Hij maakte het waarschijnlijk onmogelijk om af te betalen, zodat we Milano's als ons kantoor konden gebruiken."

Ze wordt bleek, alsof dit nieuws nog erger is dan wat ze zich had voorgesteld. Het is duidelijk dat de oude man haar wilde beschermen.

"Dus, je wilt niet dat ik Milano's krijg." Ik haal mijn schouders op. "Ik ben dol op die plaats, maar het is in orde. Ik zag mezelf toch geen espresso serveren en tafels afvegen. We kunnen een andere deal maken."

Ze staart me aan, met haar voorzichtige blauwgroene blik. "Wat voor deal?"

"Ik weet het niet." Ik kantel mijn hoofd. "Heb jij geen culinaire opleiding gevolgd? Ik kan hier wel een kok gebruiken."

De opluchting die door haar heen golft is meteen te zien aan haar nieuwe rechte houding en wijd opengesperde ogen. "Oh mijn God, dat kan ik doen. Ik bedoel, ja." Ze lijkt zelfs opgewonden door het idee. Een vrouw die van haar vak houdt. "Ik kan maaltijden voor je klaarmaken en ze afleveren. Iedere keer voor een paar dagen. Of een hele week. Wat je maar wilt, meneer Tacone."

"Ten eerste, je gaat me Gio noemen of we gaan een probleem krijgen. Ik bedoel een ander probleem."

Haar lippen bewegen. Zo. Het is grappig hoe opgelucht ik ben nu ik kan zien dat ze zich ontspant.

"Ten tweede, ik dacht niet aan maaltijden brengen. Ik

dacht dat je hier zou werken - met of zonder dat strakke rokje - en in mijn keuken zou koken." Sterker nog, mijn pik wordt hard wanneer ik eraan denk.

Een deel van de spanning komt terug. "Ik kan dat niet. Ik bedoel, misschien één avond in de week. Maar ik werk fulltime in een restaurant en ik help ook nog vaak bij Milano's."

"Harde werker." Ik ben niet verbaasd. Ze mag deze vergadering dan verknald hebben, maar ze is bekwaam genoeg. "Oké. Eén avond per week kook je voor me en maak je ook maaltijden voor de rest van de week. Ik trek vijfhonderd per week van je schuld af en geef je geld voor boodschappen."

Ze pakt het geld op haar schoot vast - het is de eerste keer dat ze het aanraakt - en staat op. "Meen je dat?"

Ik zet me schrap voor haar dankbaarheid. Ik weet het niet, ik heb bijna liever haar stekelige en hatelijke opmerkingen dan momenten als deze. Waar ze me alles laat zien in de diepte van die onschuldige ogen. Ze slaat haar armen om me heen zoals ze laatst in het café deed en leunt naar me toe voor een knuffel.

Ik lees er niet te veel in - ze is Italiaans, net zoals ik. We raken elkaar aan. We kussen. We omhelzen. Maar ze staat in haar slipje en deze verdomde dijhoge kousen maken mijn pik harder dan steen en ze voelt zeker mijn waardering.

Haar adem stokt en er is een moment van aarzeling.

Ze trekt zich niet weg. Ze staat stil.

De oude Gio zou haar nu op haar rug hebben geduwd. Ik zou haar op het bureau leggen, die benen spreiden en haar hard slaan, en de hele tijd zou ze me bedanken voor het neuken en het geld.

De nieuwe Gio denkt te veel na.

Of misschien is het gewoon omdat het Marissa is. Het meisje van de nachtmerries.

Ze zei dat ze geen seks met me wil. Ik weet dat ik haar daartoe kan overhalen. Ik weet zelfs dat ze het wil.

Maar ik kan het gewicht van nieuwe shit op mijn geweten niet aan. Neuken met het Milano-meisje na wat er net tussen ons gebeurd is, zou bedenkelijk zijn. Ze zou ervoor gaan, maar ze zou me morgen haten. Dus, ik dwing mezelf om mijn arm van haar rug af te halen en ik geef haar een lichte klap op haar kont.

"Ik ben nog steeds boos."

Het was het juiste om te doen. Ze krijgt haar zelfvertrouwen terug en werpt me een flirterig glimlachje toe, terwijl ze het geld op mijn bureau gooit. "Dat zal je niet meer zijn nadat je het eten hebt geproefd dat ik voor je kook."

"Zelfverzekerd. Daar hou ik van."

Ze raapt haar rok op en trekt hem aan.

Omdat ik het niet kan laten om wat dichter bij haar te komen, ga ik achter haar staan, sla haar handen weg en trek de rits dicht.

Ik kan verdomme niet wachten om het eten te proeven dat ze voor me kookt.

Eindelijk, een reden om te leven.

∽

Marissa

Kippenvel komt op mijn armen.

Ik heb nog nooit een man gehad die me aankleedde. Er is iets intiems aan Gio die de rits van mijn rok sluit -

intiemer zelfs dan de fouillering. Dan voor hem te staan zonder rok.

Het is als iets wat een getrouwde man voor zijn vrouw doet. In de film, dat wel. Alleen in de films. Ik weet het niet. Ik heb alleen mijn grootouders als voorbeeld, maar ik heb het gevoel dat getrouwde stellen veel te praktisch worden om elkaar aan te kleden.

Ik ben duizelig nu. Al mijn angsten en zorgen zijn veranderd in iets opwindends. De opluchting dat ik Mia's operatie kan betalen, vermengt zich met het vooruitzicht dat ik mijn kookkunsten kan laten zien, allemaal verweven met een zware laag seksuele spanning.

"Kom op, ik breng je naar het ziekenhuis." Gio staat nog steeds vlak achter me, zijn diepe, norse stem doet gekke dingen met mijn hart.

Ik draai me om, verrast. "Ga je dat doen?"

Hij trekt een verwaande wenkbrauw op. De angstaanjagende maffiaman is nu verdwenen en de charmante Gio is terug. "Denk je dat ik je naar buiten laat lopen op die hakken? Je bent nauwelijks hier geraakt."

Mijn gezicht wordt warm. "Dat is je opgevallen, hè?"

Gio's ogen worden groot en hij steekt een hand uit. Zijn lange gestalte is ontspannen; hij straalt vertrouwen en rust uit. "Welk ziekenhuis?"

Ik aarzel even voor ik mijn hand in de zijne leg. Dit is het dan.

Ik ga in zee met de duivel.

Mijn kleine handpalm glijdt over zijn grotere handpalm en hij sluit zijn vingers.

Ik schraap mijn keel. "St. Francis, maar ik moet even langs de bank om een cheque te halen."

"Oké. Laten we gaan."

"Bedankt voor de lift," mompel ik wanneer we de parkeerplaats van het ziekenhuis oprijden. De krakende cheque ligt in mijn hand, maar Gio zet me niet vooraan af; hij parkeert en stapt uit.

Ik dacht dat de rit uitzonderlijk gul was, vooral gezien de manier waarop het tussen ons is gegaan. Maar nu vraag ik me af wat zijn bedoeling is.

"Wil je er zeker van zijn dat ik niet gelogen heb over waar ik het geld voor nodig heb?"

Een hoek van zijn lippen trekt in een glimlach. "Je hebt niet gelogen." Hij loopt rond zijn prachtige Mercedes G naar mijn kant en legt een hand op mijn onderrug.

"Je hoeft niet mee binnen te gaan," zeg ik tegen hem. Ik snap het nog steeds niet en dat maakt me ongemakkelijk.

"Ik ga mee naar binnen."

Dit is het deel dat me zorgen baart. Een Tacone doet wat hij wil. Er moeten geen vragen gesteld worden. Geen onderhandelingen. En ik opende gewoon de deur en liet hem weer terug in ons leven komen.

Ik stop krachtig. "Waarom, Gio?"

"Omdat ik het wil, popje. Stop met zo onvriendelijk te zijn." De woorden rollen er gemakkelijk uit, maar ik krijg het gevoel dat ik hem weer beledigd heb.

Maar dat slaagt nergens op.

Ik begin weer te lopen en werp hem stiekem een blik toe terwijl we verdergaan.

"Wat?" vraagt hij wanneer we in een lift naar de financiële verdieping stappen.

Ik schud snel mijn hoofd.

Hij ademt uit, alsof hij iets toegeeft. "Ik ben hier om op je te passen, Marissa. Je legt veel gewicht in de schaal voor je familie. Het minste wat ik kan doen is je naar het ziekenhuis rijden en met je mee naar binnen gaan om ervoor te zorgen dat het goed geregeld wordt."

Ik knipper de hitte weg die mijn ogen doet samentrekken. Gewoon iemand hebben die inziet dat het gewicht op mijn schouders terechtkomt is als een opluchting, maar om ook te horen dat Gio Tacone eigenlijk wel geeft om mij en mijn familie - zoals hij heeft toegegeven - komt als een schok. Schuldgevoelens voor al mijn wantrouwen, voor mijn poging tot chantage en al mijn bitcherig gedrag stromen door me heen. Ik controleer of mijn mond openstaat.

"Ik weet het, shocker." Hij stopt zijn handen in zijn zakken en leunt met zijn schouder tegen de liftwand. "En jij dacht dat ik niet in staat was om iets aardigs te doen."

"Ik wist niet -" maar ik stop het protest, want hij heeft gelijk.

De lift stopt en we stappen uit. Ik haal mijn schouders op en loop naar het kantoor. Ik ben blij dat ik nu een rok en hakken draag, want het geeft me zelfvertrouwen. Ik voel me vreemd genoeg sterk en sexy. Is het omdat Gio bij me is? Of omdat hij me zo ziet en ik zijn waardering voel? Ik werp hem een zijdelingse blik toe en hij beantwoordt die, terwijl hij één hoek van zijn mond omhoog laat gaan alsof hij seks op een stokje is.

Grappig, hoe ik hem nu wil belonen met seks. Ik denk dat dat het verschil is. Ik wilde niet dat het iets was wat hij van me nam. Of eiste. Nu heeft hij het verdiend.

Oh, God. Waarom denk ik eigenlijk aan seks met Gio? Gaat niet gebeuren. Slecht idee. Hij is een player en een gangster. Niet de man met wie ik de tango wil dansen.

We gaan naar het kantoor en ik schuif de cheque over het bureau. "Ik ben hier om te betalen voor Mia Milano's operatie." Ik til mijn kin op. Eén woord en ze krijgt te horen hoe ik denk over dit ziekenhuis en hun chantagetechnieken.

Ze typt Mia's naam in en klikt een paar minuten lang op haar computer. "Oké, uw totaal is 32.784,59 dollar."

Ik kijk naar de cheque. Waarom had ik er niet aan gedacht dat het misschien meer dan dertigduizend zou zijn? "Dit is dertigduizend. Ik betaal de rest wel met mijn creditcard."

"Nee." Gio steekt zijn hand in zijn jaszak en haalt een enorme stapel cash tevoorschijn. Hij telt er achtentwintig briefjes van honderd uit. "Dit zou voldoende moeten zijn."

Ik weiger er mijn dankbaarheid voor te tonen, of te laten merken hoezeer het me raakt om een knappe man zo'n bedrag zonder blikken of blozen te zien neergooien. Ik neem het geld gewoon aan en schuif het naar de vrouw achter het bureau, alsof het omgaan met zo'n bedrag iets is wat ik iedere dag doe.

"Gewoonlijk accepteren we geen grote sommen contant geld. Ik zal mijn baas moeten bellen om na te vragen of we dit kunnen aannemen."

"Doe dat maar," zegt Gio. Als een andere man dit zou doen, zou het onbeleefd of neerbuigend klinken, maar dit is Gio, dus de bediende denkt dat hij met haar aan het flirten is. Ze bloost en lacht naar hem met de telefoon aan haar oor. Een paar minuten later hangt ze op. "We kunnen het aannemen." Ze telt alles en roept een beveiligingsman om het mee te nemen. "Je bent helemaal klaar dan. Ik zal de dokter laten weten dat jullie betaald hebben en dat Mia's operatie morgen gewoon door kan gaan."

"Dank u," zeg ik streng en draai me weg voor ik me kwaad maak. Het is niet haar schuld dat dit land een slecht gezondheidszorgsysteem heeft.

We lopen terug naar de lift zonder een woord te zeggen. Pas wanneer we erin staan, draai ik me om en kijk

Gio recht in zijn ogen. "Je telt het extra bedrag op bij mijn schuld, neem ik aan?"

Hij trekt zijn lippen omhoog, alsof hij me grappig vindt, maar zwijgt even. "Het is op mijn kosten, popje."

Daar moet ik niet nat van worden. We hebben geen date. Hij heeft niet gewoon voor het diner betaald. Ik weet van mijn opa's contacten met Arturo Tacone dat niets gratis is bij die gasten. Maar er is wat stomme biologie bij betrokken. Sexy alfamannetje als rijke, machtige geldschieter. Hormonen overspoelen mijn systeem. Mijn interne biologie schreeuwt ja! Kies deze!

Domme, domme eierstokken. Stop met eitjes te laten vallen. We gaan niet met deze kerel omgaan. Zeker niet zijn baby's krijgen.

Toch zit ik gevangen in zijn blik, terwijl ik die geamuseerde, geheime glimlach nadoe die hij toont.

De lift gaat open en ik kom terug in de realiteit. "Ik kan mijn eigen weg naar huis vinden. Dank je, Gio."

"Nah. Ik breng je naar huis, engel. Geen tegenspraak."

Geen tegenspraak. Hij is bazig als de pest. Wat ook niet opwindend zou moeten zijn.

"Ik woon bij mijn grootouders," flap ik eruit, voor het geval hij denkt dat ik seks met hem ga hebben wanneer we bij mij thuis zijn.

Amusement flitst over zijn gezicht. Hij doet de deur voor me open.

"Ik wil niet dat ze dit weten," zeg ik hem.

Hij zwijgt. "Goed dan," zegt hij langzaam.

Ik neem plaats in de auto omdat ik er niet meer over wil zeggen, om hem niet te beledigen. En ik weet ondertussen dat hij wel degelijk boos is, ondanks de nonchalante stoere houding die hij zo goed aanhoudt.

Hij loopt om de auto heen en stapt aan de bestuurderskant in. "Je hebt het café niet overgedragen. Je gaat alleen maar eten maken."

"Dat weet ik, maar ze zouden het niet leuk vinden," geef ik toe.

"Hebben ze een probleem met mij?" vraagt hij.

Verdomme. Hij voelde zich beledigd. Ik kan niet anders dan zijn directheid bewonderen. Hij is een man die gewend is om dingen tot op de bodem uit te zoeken. Blijkbaar niet alleen met zijn vuisten.

"Niet met jou, in het bijzonder," zeg ik. Wat waar is. 'Maar ik heb ze niet verteld dat ik voor het geld naar jou toe zou gaan. Ze zouden zich zorgen maken dat ik weer schulden bij de Tacones zou opbouwen."

"Het zijn niet de Tacones, ik ben het," zegt Gio, alsof dat alles oplost. "De familie is niet de eigenaar van alles. Ik zal het niet in onze boeken zetten, oké? Het is gewoon tussen jou en mij."

Ik word weer nat. Ik weet niet waarom zijn bereidheid om zo vriendelijk tegen me te zijn dit als effect heeft, maar het is zo.

"Dus, je vertelt het niet aan mijn grootouders?"

"Nah."

"Beloofd?"

"Lo prometto." Hij neemt een hand van het stuur en houdt deze omhoog alsof hij zweert bij een rechter. Zijn sexy zwarte SUV scheurt door het verkeer, zijn rijvaardigheid niet minder indrukwekkend dan al het andere wat hij doet.

Ik leun achterover in de comfortabele leren zetel en laat mezelf geloven dat alles in orde komt.

Het laat me geloven dat ik Gio Tacone kan vertrouwen en dat ik mijn ziel niet aan de duivel heb gegeven.

HOOFDSTUK DRIE

Gio

"Je ziet er anders uit," zegt mijn oudere broer Paolo tegen me. We zijn bij mijn moeder thuis voor het zondagsdiner. Onze oudste broer Junior en zijn nieuwe vrouw Desiree zijn in de keuken het eten aan het maken, want ma wordt te oud om voor ons allemaal te koken. En ze houdt de baby van Junior en Desiree vast, Santo Tacone III en maakt zich druk om hem.

Er zit nog steeds een vleugje wonder in het babygebeuren voor ons allemaal. Junior verloor zijn peuter bij een verdrinkingsongeluk tien jaar geleden en sloot zich emotioneel af. Tot dit jaar, hadden we geen andere kinderen in de familie. Nu hebben we er vijf, als je de twee Russische stiefkinderen van mijn zus en Desiree's zoon Jasper meetelt.

"Jij ziet er nog steeds dezelfde stronzo uit," zeg ik tegen Paolo. Als de broer die maar twee jaar ouder is dan ik, denkt hij dat het zijn taak in het leven is om mijn ballen te breken.

Wat bedoelt hij verdomme met dat ik er anders uitzie?

Hij staart me indringend aan, alsof mijn neus op een nieuwe plek zit of zo.

"Wat?"

"Ik weet het niet. Je ziet er beter uit. Meer zoals jezelf."

Het is Marissa.

Ik wil het gefluister van de waarheid ontkennen. Ik weet nu al dat ik veel te veel belang hecht aan dit meisje.

Ze is toevallig de ongelukkige vrouw die vastzit in de lus van mijn nachtmerries. En ze is me ook nog dertigduizend schuldig, die ze terugbetaalt op een manier waar ik veel te opgewonden over ben. Maar wat dan ook. Zolang ik er geen betekenis aan geef, moet ik blij zijn dat het me opwindt.

Dus, ik denk dat Paolo gelijk heeft. Ik ben meer mezelf.

Behalve dat ik niet meer weet wie ik eigenlijk ben.

Maar ik hou die onzekerheid voor mezelf. Het laatste wat ik nodig heb, is Junior of Paolo die zich met mijn leven bemoeit in een poging om me te helpen.

Italiaanse families. Ze bemoeien zich veel te veel met alles.

Ik loop naar de piano van mijn moeder, ga zitten en speel Get Lucky van Daft Punk. Ik weet dat Jasper het zal herkennen. Hij komt naar me toe en gaat naast me staan om te luisteren.

"Speel het nog eens, oom Gio," vraagt hij wanneer ik klaar ben.

"Nee, het is tijd om te eten," zegt Desiree tegen hem. Ze verheft haar stem om ons allemaal te roepen. "Het eten is klaar."

Ik kijk hoe ze rondloopt en water inschenkt voor iedereen. Ze heeft die vaardige manier van serveren zonder ook maar een beetje onderdanig te zijn. Ze is een pittige Amerikaanse van Puerto Rico en was de verpleegster van onze moeder voordat Junior haar ontvoerde om ervoor te zorgen dat ik terugkwam naar het land de levenden. Ze was de enige verpleegster die niet door mijn moeder werd platgewalst en ze heeft moeiteloos al ons respect en al onze liefde gewonnen.

Junior brengt een schotel met gevulde gebakken ziti en zet die op tafel voor hij plaatsneemt op de stoel van onze vader, aan het hoofd van de tafel.

Desiree neemt baby Santo uit de armen van mijn moeder en zet hem op haar schoot, waar hij dingen van de tafel begint te pakken. Ze schuift de breekbare dingen weg en geeft hem een lepel. "Gio, je ziet er goed uit."

"Zie je?" Zegt Paolo. "Dat is wat ik hem net ook vertelde. Wat is er gebeurd? Heb je geneukt?"

"Paolo," roept ma. "Er zijn kinderen aanwezig en je zit aan mijn eettafel."

"Sorry, Ma."

Maar nu kijkt de hele tafel naar me. "Ik voel me goed, dat is alles." Ik wuif de aandacht weg. Onze moeder heeft nooit geweten dat ik werd neergeschoten, dus ik ben opzettelijk vaag.

"Goed. Dat is goed." Er is een spoor van bezorgdheid in Juniors blik te zien. Er zijn veel dingen die ik hem kwalijk kan nemen, maar me niet naar het ziekenhuis brengen toen ik neergeschoten werd, hoort daar niet bij. Dat hoeft hij niet op zijn geweten te hebben. Ik weet dat hij deed wat hij moest doen om ons allemaal te beschermen. En ik heb het overleefd.

Als er iets is wat ik hem kwalijk neem, dan is het dat hij verder is gegaan. Hij stopte met de familiezaak om zich te settelen met Desiree. En ik blijf achter met alles.

En ik weet verdomme niet wat Paolo aan het doen is. Ik denk dat hij nog steeds een eigen zaak heeft, waar niemand van ons het ooit over heeft gehad.

Maar ik denk dat we vrij zijn om dat te doen. Wij zijn volwassen mannen met allemaal miljoenen dollars, omdat de familie geïnvesteerd heeft in Nico's casino.

"Gio en Paolo, wanneer gaan jullie me kleinkinderen geven?" Ma begint.

"Reken daar maar niet op," zegt Paolo. "Niet van mij, in ieder geval. Maar wie weet, misschien geeft Gio zijn playboy-gedrag nu wel op."

"Wat bedoel je met nu?" Zegt Ma.

Junior werpt Paolo een waarschuwende blik toe.

Paolo reageert met een schouderophaal. "Nu vier van onze broers en zussen de stap hebben gezet."

"De stap? Heel mooi, Paolo," schiet Desiree van de overkant van de tafel terwijl ze met haar ogen rolt. Ze reikt hem wel het mandje brood aan, waar hij bij probeerde te komen.

Ik verlang niet naar een vrouw en kinderen.

Tenminste, dat heb ik nooit gedaan. Zelfs nu ik zie hoe mijn broers en zus de liefde vonden, verandert er niets voor mij. Hoewel het wel deel uitmaakte van mijn innerlijke crisis. Zoals, waarom wil ik dat verdomme niet?

Zou ik dat niet moeten willen?

Het is alleen zo, dat ik me opeens Marissa hier aan tafel voorstel. Ze zou haar gastronomische eten serveren, Paolo de huid vol schelden samen met Desiree.

Hoe zou ze eruitzien als ze zwanger zou zijn?

Ik schud mijn hoofd en knipper met mijn ogen. Ik probeer het goddelijk mooie beeld weg te duwen dat ik van haar heb in een golvende witte jurk, haren die over haar schouder vallen en een dikke buik.

Ik moet verdomme gek zijn.

Zij is niet de ontbrekende betekenis in mijn leven. Ik moet stoppen met dat soort onzin aan haar toe te kennen.

Ze is amper een legale kok die me geld schuldig is.

Einde verhaal.

∼

Marissa

Ik pak Lilahs arm en trek haar mee naar de gang. "Arnie greep naar mijn borst en ik had die verdomde vork niet bij me. Eigenlijk toeterde hij ermee, als een laatstejaars die in zijn ballen geknepen wil worden."

"Wat deed je? Hem in zijn ballen trappen?"

Ik grom en zak in elkaar. "Ik heb het geprobeerd, maar hij was te snel. Wie denk je dat ik het moet vertellen? Henry of Michael?" Michael is de eigenaar. Hij houdt zich niet bezig met de keuken en laat het inhuren, ontslaan en leiden van de zaak over aan Henry en Arnie.

"Misschien Michael. Hij is degene met een verantwoordelijkheid hier. Weet je wat je zou moeten doen? Ga vanavond naar huis en bel hem morgen voordat iemand hier is. Op die manier zullen Arnie en Henry niet zien dat je hen niet vertrouwt."

Arnie steekt zijn hoofd in de gang, grijnst dan en slentert met een brede grijns naar binnen. "Wat is er aan de hand, meiden? Ik dacht dat jullie al naar huis waren."

"We gaan net weg." Ik duw me geforceerd langs hem heen en voel Lilah vlak achter me. We pakken onze jassen en gaan naar buiten. Ugh.

"Bel morgen," zegt Lilah streng wanneer we uit elkaar gaan. "Beloofd?"

"Ja," zeg ik, hoewel ik nog steeds geen beslissing heb genomen. Ik vind deze baan zo leuk, ik weet niet of ik het risico wil lopen dat ik de dingen ga verpesten. Trouwens,

Arnie is niet echt een gevaar. Hij is een ergernis, geen verkrachter.

Dat hoop ik tenminste.

Ik loop naar het treinstation.

De auto die aan komt rijden, valt me eerst niet op, maar wanneer hij langzaam naast me rijdt en het raampje omlaag gaat, kijk ik om. Alleen door mijn gedachten aan Arnie, stel ik me even voor dat hij het zou kunnen zijn.

Maar dat is stom. Het is een mooie zwarte SUV. Eentje die ik onmiddellijk herken.

Die van Gio.

Ik stop.

"Stap in de auto."

Mijn hart klopt nog steeds snel. Ik kan niet beslissen of het komt omdat dit lijkt op het begin van iedere dodelijke maffiascène die ik ooit in de films heb gezien of dat het komt door wat Gio met mijn lichaam doet.

Hoe dan ook, ik stap niet in. Ik begin weer verder te lopen. "Nee, dank je."

Ik voel Gio's ergernis door het open raam wanneer hij de rem loslaat en me volgt.

"Marissa. Ik breng je naar huis. Dat is alles. Stap verdomme in de auto."

Ik stop weer. "Wat doe jij hier eigenlijk?"

We hadden een paar sms'jes uitgewisseld over welke avond ik naar zijn huis zou komen en de details. Hij vroeg waar ik werkte en ik vertelde het hem. Het was zeker geen uitnodiging.

"Ik testte het eten even. Ik wilde zien waar je werkte."

Ik trek mijn wenkbrauwen op. "We sloten al een uur geleden."

"Ja. Ik zat aan de bar iets te drinken. Nu ga ik weg en ik zie dat je alleen bent. Dat vind ik niet leuk."

Ik weet niet of ik zijn verhaal geloof. Ik heb het gevoel

dat hij in zijn auto op me zat te wachten. Het is een beetje eng, gezien zijn beroep.

"Ik loop hier iedere nacht alleen, Gio. Ik ben oké." Ik zet mijn kraag omhoog tegen de herfstkou en loop verder.

"Marissa." Zijn stem klinkt scherp en beheerst. Hij is een man die het gewoon is om zijn zin te krijgen. Die het gewoon is dat zijn bevelen worden opgevolgd. Het geluid van zijn stem doet iets met me, ook al wil ik niet dat hij macht over me heeft. "Stap in de fucking auto."

"Ik ben oké, Gio." Ik probeer mijn stem luchtig te houden.

"Je weet dat ik je kan dwingen, toch?"

Dat doet iets onverwachts met me. Mijn reactie is geen angst. Het is hitte. Vloeibare lava die zich tussen mijn benen verzamelt. Een samenklemmen in mijn poesje.

Ik draai me voor het eerst naar hem toe. "Dat zou je wel leuk vinden."

De ergernis op zijn gezicht verandert in een grijns - een grijns die slipjes doet smelten in de hele stad. "Jij misschien ook, engel. Wil je het proberen?"

Mijn gezicht wordt warm, maar tintelingen verspreiden zich over mijn huid. "Wat ga je doen?" Mijn stem klinkt belachelijk hees.

Zijn grijns wordt breder. "Stap in de auto voordat ik je op je kont sla tot die roze is."

Mijn kont klemt en tintelt als antwoord, de herinnering aan hoe hij op mijn kont sloeg in zijn appartement komen weer terug.

Hij is zeker niet het type dat op iemands kont slaat zoals Arnie. Hij staat aan de andere kant van intimidatie. Het soort dat je keer op keer weer wilt ervaren.

Ik trek de deur open en stap in. Ik weet niet zeker of dat is omdat ik niet wil weten of hij doorzet, of omdat ik het wil.

"Ik weet niet zeker of ik blij ben dat je gehoorzaamde of teleurgesteld moet zijn omdat ik niet mag doen wat ik zei." Hij zegt precies wat ik denk.

Ik voel warmte op mijn borst en in mijn nek. "Ik denk dat je al genoeg van mijn kont hebt gezien," zeg ik netjes.

Zijn grinnik is donker en boosaardig. "Oh, nog lang niet, engel. Maar dit is maar een ritje naar huis. Je hoeft je niet aan de autogordel vast te houden alsof dat het enige is dat je tegen mij beschermd."

Ik werp een zijdelingse blik op hem en verslind zijn adembenemende schoonheid voor een hete minuut.

"Hoe is de operatie van je nichtje gegaan?"

"Goed. Dank je. Ze herstelt zeer snel." Dankbaarheid aan Gio verwarmt mijn borst. Niet alleen voor het geld, maar ook voor zijn blijvende interesse - me helpen in het ziekenhuis, nu vragen hoe het met haar gaat. Ik steel nog een blik. "Wat is de echte reden dat je hier bent, Gio?"

Hij haalt zijn schouders op en richt zijn ogen weer op de weg. Na een moment van stilte, zegt hij: "Eerlijk waar?"

Ik draai me naar hem toe.

"Wil je de echte waarheid?"

Mijn hart gaat sneller kloppen. Ik voel iets groots aankomen, maar kan me niet voorstellen wat het zou zijn. "Ja." Ik klink ademloos.

"Je zit in mijn nachtmerries, engel. Degene waarin ik word neergeschoten? Soms word jij ook neergeschoten."

Ik hou een zucht tegen.

"Ik denk omdat jij erbij was toen het gebeurde. En dus voel ik me nu aan je gehecht. En het is stom, maar soms ben ik bang dat het een waarschuwing is. Alsof ik ervoor moet zorgen dat jou niets overkomt."

Ik ben geshockeerd en zit doodstil, de haartjes op mijn armen gaan overeind staan. Van alle bekentenissen die ik verwachtte - en dat waren er geen, maar toch - zou het zeker niet deze zijn.

"D-dat is waarom je naar Milano's kwam? Om te kijken hoe het met mij gaat?"

Hij knikt één keer.

"Is dat waarom je me het geld geleend hebt?"

Hij haalt zijn schouders op. "Ik weet zeker dat ik het sowieso wel aan je uitgeleend zou hebben. Maar ja. Het voelt betekenisvoller."

Ik ben verbijsterd.

Gio Tacone is bijgelovig. Of religieus. Of wat dan ook. Wat logisch is, gezien het feit dat hij een bijna-dood ervaring had.

Het verandert mijn hele gevoel over deze man. Nou ja, misschien niet alles, maar wel veel. Zijn motieven zijn niet duister.

Het is stom, maar omdat hij mijn aanwezigheid in zijn nachtmerries betekenis geeft, voel ik me speciaal. Wetende dat hij denkt dat hij me moet beschermen, geeft me geheime kracht.

Ik reik naar hem en raak zijn arm aan. "Al die tijd heb ik geprobeerd om uit te zoeken wat je echt van me wilde. Waarom je zo aardig was. Ik dacht dat het misschien een valstrik was."

Hij schudt zijn hoofd. "Geen valstrik. Maar ga er niet vanuit dat dit me een aardige vent maakt," waarschuwt hij, terwijl hij de straat van mijn grootouders inrijdt. "Dat ben ik niet. Ik probeer gewoon... van de nare dromen af te komen."

Ik glimlach zachtjes. Het ligt op het puntje van mijn tong om een therapeut voor te stellen in plaats van dat hij mij moet volgen, maar dat wil ik eigenlijk niet.

Ik vind het wel leuk om te weten dat de playboy Gio

Tacone geobsedeerd is door mij. Tenminste geobsedeerd om voor mijn veiligheid te zorgen.

Het is alsof ik mijn eigen persoonlijke superheld heb. De duistere soort die beschikt over een hoop macht, maar er veel slechte dingen mee heeft gedaan. Of is hij eigenlijk de superschurk die op de rand van verlossing balanceert?

Hoe dan ook, ik ben er zo opgewonden door.

Hij stopt bij de stoeprand en ik leun naar hem toe, geef hem een kus op de wang. "Bedankt, Gio. Je bent een echte prins."

Hij snuift. "Kijk uit, engel. Ik zal ervoor zorgen dat je daar in een paar seconden anders over denk."

Ik grijns. Het is een gemene grijns. De flirterige soort die ik nog nooit heb gebruikt. "Ik kan niet wachten."

Oh God, heb ik dat gezegd? Te laat om het terug te nemen. Ik sluit de deur terwijl ik de verrassing in zijn ogen zie en haast me naar de deur van mijn grootouders.

Gio Tacone. Mijn duistere prins.

Ik hou van dat gekke idee.

HOOFDSTUK VIER

Gio

Ik heb Marissa gezegd dat ze moest bellen wanneer ze bij het treinstation was. Dat ik haar zou oppikken zodat ze 's avonds niet alleen over de straat moet lopen.

En op de een of andere manier wist ik dat ze dat niet zou doen.

Of het nu is omdat ze koppig en onafhankelijk is of omdat ze mijn dreigement om haar een pak slaag te geven wil testen, ik weet het niet. Ik merkte wel dat ze warm werd en flirterig tegen me deed toen ik het zei.

Hoe dan ook, wanneer de portier belt om te zeggen dat ze beneden is, ben ik kwaad en opgewonden tegelijk. "Stuur haar naar boven," zeg ik hem en ik ga in de deuropening staan, met mijn armen over mijn borst gevouwen.

Het eerste wat ik zie wanneer de liftdeuren opengaan is de rok en de hakken. Ze past perfect bij het liedje: She's Got Legs. En ze weet ook hoe ze die moet gebruiken.

Mijn pik wordt harder dan steen wanneer ik dat karamelkleurige haar zie heen en weer zwaaien en ze mijn appartement binnenkomt.

Ze heeft een krat op een karretje bij zich, dat ik van haar aanneem en naar binnen rijd na de gebruikelijke twee luchtkusjes op de wang.

"Ik had je gevraagd om me te bellen vanaf het station," herinner ik haar eraan op het moment dat ik de deur dicht doe.

"Ik wilde een eindje lopen." Ze loopt langs me heen mijn keuken in, alsof ze heel goed weet dat ik haar zal volgen met de boodschappen. Ze weet waarschijnlijk ook dat ik naar haar kont kijk, gezien de manier waarop ze ermee wiebelt. Zodra we in de keuken zijn laat ik het karretje los en ga vlak achter haar staan, terwijl ik haar heupen tegen het granieten aanrecht duw.

"Engel, je moet het verkeerd begrepen hebben," mompel ik in haar oor terwijl ik haar beide polsen vastpak en ze achter haar rug klem.

Ze hijgt, maar zegt niets, haar versnelde ademhaling is het bewijs van haar opwinding.

Ik geef haar een harde klap op haar kont - een harde straf - en ze schokt een beetje. "Zie je, in deze situatie, ben ik zoals je werkgever. Je werkt voor mij." Nog een harde klap, dit keer op de andere bil.

Ze verschuift zich op haar hielen, licht wiebelend.

"Als ik je instructies geef, verwacht ik dat ze worden opgevolgd, engel." Nog een klap. "Of er zullen consequenties zijn." Ik wrijf over de laatste plek waar ik haar geslagen heb en laat de gladde stof over de weelderige welving van haar kont glijden.

Ik reik langs haar heen en trek een houten lepel uit de bak met keukengerei. Ik schuif hem onder haar neus. "Als je me nog een keer niet gehoorzaamt, engel, gaat dat rokje uit."

Ik wrijf nog een keer met mijn vingers over de onderkant van haar billen en strijk zo ver mogelijk tussen haar benen als de stof toelaat.

Dan laat ik haar los en draai haar rond. Haar gezicht is rood, haar pupillen verwijd. Ik kan mezelf er niet van weerhouden haar mond op te eisen, haar zoete lippen te proeven en haar een klein stukje van mijn tong te geven.

Wanneer ik de kus verbreek, staart ze naar me op, haar blauwgroene ogen staan wijd open van verbazing.

"Bedankt dat je een rok draagt, Marissa." Mijn stem klinkt drie keer lager dan normaal.

Ik laat haar helemaal los, vertrouw mezelf niet om haar niet op het aanrecht te zetten en haar moordende benen open te spreiden. Om haar het koken te laten vergeten en mijn naam te laten schreeuwen tot ze hees is.

Maar ik heb haar gezegd dat ik niet betaal voor seks. En ze wordt op dit moment betaald door mij.

Ik leg mijn arm om haar heen, omklem haar kont en knijp er zachtjes in. "Capiche?"

Ze wrijft met haar gezwollen lippen over elkaar en knikt. "Ja."

"Goed zo meisje." Ik knijp nog één keer. "Wat eten we?"

"Avondeten. Eh, ja." Ze draait zich naar het krat met eten en begint alles uit te pakken. "Zalm in een amandelkorstje met een citroen-thijmsaus en artisjoksalade. Je zult het heerlijk vinden."

"O, daar twijfel ik niet aan." Ik leun met mijn heup tegen de kastjes. Ik vind het leuk om te zien hoe ze weer op gang komt, van verward naar zelfverzekerd. Het duurt ongeveer tien minuten, maar dan is ze het gewend en beweegt ze zich door mijn keuken alsof het haar keuken is. Koekenpan op het fornuis, snijplank en mes klaar, groenten in blokjes gesneden in nette hoopjes.

"Dus witte wijn?" Vraag ik. "Wil jij kiezen?"

Ze kijkt over haar schouder met een uitdrukking die me harder raakt dan marmer. Ik zie plezier in haar heldere ogen. Ze is verlicht, gloeiend van het doen waar ze van houdt en duidelijk blij dat ik om haar mening vroeg. "Ja, wat heb je?"

Ik haal drie flessen uit de wijnkoeler en zet ze op het aanrecht. "Jij mag die dingen niet bepalen bij Michelangelo, toch?"

Ze zucht. "Zelfs niet hoe groot de groenten gesneden worden." Ik hou van de minachtende glimlach die ze me schenkt wanneer ze de flessen bekijkt. "Ik durf zelfs niet het kleinste beetje af te wijken van wat de chef voorschrijft."

"Daarom heb je hiermee ingestemd."

Ze kiest één van de wijnen - een eikachtige Chardonnay - en geeft hem aan mij. "Nou, ja. Het is leuk om mijn eigen menu te maken. Vooral met het geld van iemand anders." Haar zelfvoldane tevredenheid slaat over op mij en vult en verwarmt mijn borst.

Ik ben blij dat ik de man ben die haar zelfvoldaan en tevreden heeft gemaakt. Die haar de kans gaf om te pronken en geld uit te geven.

"Nu we het er toch over hebben..." Ik haal een pak geld uit mijn zak en tel er tien biljetten van honderd dollar uit. "Dit is voor de boodschappen."

Ze sluit haar vingers om de gevouwen biljetten, maar neemt ze niet van me aan en ontmoet mijn ogen terwijl ze slikt. Ze probeert het te verbergen, maar geld windt haar net zo op als het de meeste mensen opwindt. "Voor de hele maand? Of moet ik het gewoon bijhouden en om meer vragen als het op is?"

"Voor deze week." Ik weet heel goed dat ze geen duizend dollar heeft uitgegeven aan het eten van deze week, maar ik wil ook dat ze vergoed wordt voor haar tijd. Ja, ze is me wat schuldig. Maar ze werkt ook verdomd hard en ik denk dat deze baan de enige vrije tijd die ze in haar leven heeft, in beslag neemt.

Oké, ja, ik ben een watje.

Ik schep ook graag op.

En ik vind het leuk om haar te zien doen alsof ze er niet door beïnvloed wordt. Haar trots is net zo sexy als die benen.

"De volgende keer koop je ook maar wijn," zeg ik haar, alsof ik streng ben.

Ze ademt scherp in door haar neus en knikt. "Graag."

"Maar als je me niet belt voor een lift, is de rekening voor jou."

Zo. Dat zal haar leren. Ik weet het niet - de houten lepel was misschien te verleidelijk. En ik wil echt niet dat ze me het plezier ontzegt om voor haar veiligheid te zorgen.

De dreiging windt haar op. Ik weet dat omdat haar tepels zichtbaar zijn door haar beha.

Ze speelt het hard, maar ze houdt van bazig. Misschien omdat het haar iets geeft om weerstand aan te bieden.

Ik ontkurk de fles en schenk twee glazen wijn in, maar ze proeft alleen en geeft een tevreden knikje, zonder dat ze meer drinkt.

Dat zou niet zo'n teleurstelling moeten zijn, maar dat is het wel. Misschien lees ik er te veel in, maar ik denk dat het aangeeft dat ze zich niet op haar gemak voelt. Ze wil haar verstand erbij houden.

Natuurlijk, misschien houdt ze gewoon niet van witte wijn. Waarom vraag ik het niet gewoon? In hemelsnaam, ik ben veranderd in de grootste vagina.

"Geen wijndrinker?"

Ze werpt een zijdelingse blik op me. Het soort dat

onder haar wimpers gluurt en zowel sluw als ingetogen tegelijk lijkt. "Ik ben aan het werk."

"Dat is waar."

Ik kijk hoe ze het eten opschept.

Voor één persoon.

Eén bord.

Het mijne.

"Je blijft eten." Ik maak er geen vraag van.

Tot mijn verbazing, bloost het stoere meisje.

Huh.

"De chef eet niet met de klanten."

"Je shift zit erop. Schep een tweede bord op."

Ze beweegt niet. Ik voel geen echte weerstand. Meer besluiteloosheid. "Dit is geen date," verduidelijkt ze.

"Dit is jouw schuld aflossen. Ik wil je gerechten opeten en ik wil dat je bij me zit wanneer ik het proef. Is dat teveel gevraagd?"

Cazzo. Ik gooi mijn gewicht in de schaal als een eikel, maar ze is niet bang. Ze trekt haar lippen omhoog op een schattige, beschouwende manier en draait haar hoofd opzij.

"Ik zal met je mee-eten," zegt ze langzaam, "als je piano voor me speelt wanneer we klaar zijn."

Ik krijg mijn wenkbrauwen na een paar seconden weer naar beneden en grijns. "Wat? Geloof je niet dat ik kan spelen?"

Ze is al in beweging, de tweede maaltijd aan het opdienen en pakt bestek uit mijn lades. Ik hou verdomme van de manier waarop ze zich thuis voelt en niet vraagt om hulp of waar de dingen liggen.

"Ik geloof het wel. Ik wil het gewoon horen." Ze draagt beide borden met het bestek opgerold in stoffen servetten naar mijn tafel bij het raam. Ze dekt de tafel en wacht terwijl ik mezelf een tweede glas wijn inschenk en beide glazen naar de tafel breng om te gaan zitten. "Dit is een ongelooflijk uitzicht."

Dat is het ook. 's Nachts schitteren en weerspiegelen de lichten van de stad en de jachten die aan de oever liggen, in het inktzwarte water van Lake Michigan. Toen ik dit huis kocht, stelde ik me voor dat ik het uitzicht zou laten zien aan vrouwen die ik mee naar huis nam voor een one-night stand.

En voor ik neergeschoten werd, deed ik dat soms ook.

Maar nu weet ik niet eens meer of ik nog wel om dat uitzicht geef. Was het gewoon een symbool van mijn rijkdom en macht? Of geniet ik er eigenlijk van om naar het water te kijken?

Verdomme, als ik dat eens wist.

En dat is het probleem.

Ik denk dat ik mijn hele leven heb gedaan wat ik dacht dat bevredigend was. Mijn pik nat maken. Rijk worden. Macht grijpen en mijn gewicht in de schaal leggen. Af en toe geweld gebruiken om me een echte man te voelen.

Maar geen van die dingen is voldoende geweest sinds ik neergeschoten ben. Ik verlang niet naar meer geld. Meer poesjes. Zelfs als Junior de score niet had vereffend, denk ik niet dat ik wraak zou willen nemen voor het neergeschoten worden. Ik kan me tegenwoordig nergens meer druk om maken.

Dit kleine meisje voor me, daarentegen. Zij is iets heel anders. En het lijkt erop dat ik altijd hard voor haar ben.

Ik hef mijn wijnglas in de lucht en wacht tot Marissa's aarzeling voorbij is, zodat zij het hare ook oppakt en we tegen elkaar klinken. "Op onze nieuwe regeling."

Ik zie een flikkering van bezorgdheid op haar gezicht voordat ze krachtig knikt. "Op onze nieuwe regeling." We drinken allebei en ik pak mijn vork, popelend om haar eten te proeven.

Het is ongelooflijk - ze gebruikte eenvoudige ingrediënten, maar de smaken exploderen in mijn mond. "Madonna, dit is goed. Che meraviglia. Het is heerlijk."

Ik hou van het blozende plezier op haar gezicht. "Ik heb je Italiaans laten spreken."

Ik grinnik. "Engel, ik weet zeker dat er heel wat dingen zijn die je zou kunnen doen waardoor ik in de oude taal zou hervallen."

Ze gebruik weer die flirterige blik onder haar wimpers met een grijns.

"Parli Italiano?"

Ze schudt spijtig haar hoofd. "Nee. Ik heb het nooit leren spreken. Ik versta het wel door mijn grootouders te horen praten, maar dat is het dan ook. Ik wil er ooit nog eens heen. Wist je dat als je Italiaans Amerikaans bent, je het Italiaanse staatsburgerschap kunt krijgen? En studeren is gratis voor burgers daar, dus ik zou in Italië kunnen gaan studeren."

"Is dat wat je wilt?"

Ze haalt haar schouders op en ik besluit dat het niet zo is.

"Ik zal je erheen brengen, engel. Je het oude land laten zien."

Ze bloost een beetje in haar nek en ik besluit dat ze het een goed idee vindt, maar dat ze het niet wil accepteren. Net zoals ze niet zomaar om hulp kon vragen voor haar nichtje. Ze neemt een hap van haar vis en ook al maakt ze er geen show van, ik kan zien dat ze tevreden is met haar creatie.

"Het is goed, niet?"

"Het is gelukt."

"Wees niet zo bescheiden. Het is heerlijk." Ik moet langzamer gaan eten om te voorkomen dat ik binnen een paar minuten mijn bord leeg heb en haar werk onbelangrijk lijkt.

Ze is een sierlijke eter, haar zachte lippen sluiten delicaat rond de tanden van de vork op een manier die veel te seksueel overkomt voor het comfort van mijn pik.

"Hoelang speel je al piano?"

Haar interesse in de piano is grappig voor mij. Het is geen talent dat ik met iemand deel, behalve met familie, dus ik ben niet gewend dat iemand er met mij over praat. "Sinds ik zes was. Het was kersttijd en ik was in een winkelcentrum met mijn moeder. Een oude zwarte man met een kerstmuts speelde ragtime piano en ik stopte om te kijken. Ik had het geluid nog nooit gehoord, maar ik was gefascineerd door de snelheid waarmee zijn vingers bewogen. Toen hij klaar was met het liedje, nodigde hij me uit en leerde me Jingle Bells spelen."

"En toen hebben je ouders je lessen laten volgen?"

Ik verslik me in een snuif en veeg dan mijn mond af met een servet. "Heel grappig. Nee, niet echt."

"Nou, wat gebeurde er dan?"

"Dus, ik ging naar huis en smeekte om mijn eigen piano. En mijn vader noemde me een watje en zei dat jongens geen piano spelen. En toen ging ik weg en sloeg mijn broer Paolo."

Het is haar beurt om te snuiven. "Is hij niet ouder dan jou?"

"Ja. Ik heb de kleintjes niet geslagen. Je oudere broer slaan is wel toegestaan, hoor. Dan kreeg ik het pak slaag waar ik naar hunkerde en had ik een reden om te huilen."

De shock op haar gezicht zegt me dat ik had moeten stoppen nadat ik ja antwoordde.

"Teveel. Sorry."

"Nee, nee." Ze probeert haar ontzetting te verbergen. "Nou, wat is er daarna gebeurd?"

"Daarna had mijn moeder een woedeaanval. Ze ontplofte tegen mijn vader en toen hij niet wilde wijken, heeft ze vier dagen niet met hem gesproken. En ik kreeg een piano. Mijn vader zei me dat als ik niet iedere verdomde dag oefende, hij het ding zou opstoken. Ik oefende iedere verdomde dag." Ik geef haar een glimlach.

"Je moet goed zijn."

Ik grijns. "Staatskampioen op twaalfjarige leeftijd." Ik schraap het laatste van haar heerlijke saus van mijn bord.

"Wil je nog meer? Was dat genoeg eten?"

"Ik wil altijd meer, engel. Maar ik heb het niet nodig." Ik klop op mijn buik.

Ze rolt met haar ogen. "Ik zal de volgende keer meer maken. Ik hou niet van vis die opnieuw is opgewarmd, dus ik heb deze keer geen extra portie gemaakt."

Ik vind het leuk dat ze zo graag anderen wil behagen. In dit opzicht, niet in enig ander. Het windt me op. Ik schenk nog wat wijn in en leun achterover om naar haar te kijken terwijl ze eet.

~

Marissa

OOK AL ZEI HIJ ME DAT HIJ STAATSKAMPIOEN WAS, ik was niet voorbereid op hoe ongelooflijk Gio speelt. Zijn vingers dansen over de toetsen en spelen een ongelofelijk klassiek lied dat ik in films heb gehoord. Of ergens in de lift.

Ik sta achter hem, bewonder het gemak waarmee hij speelt, hoe hij naar me kijkt en knipoogt, alsof hij weet dat ik weggeblazen ben en denkt dat het grappig is.

"Welk liedje is dit?"

"Solfeggietto in C. Het klinkt indrukwekkender dan het is," vertelt hij me. "Het zijn eigenlijk gewoon notenbalken."

Ik lach ongelovig. "Nee, het is behoorlijk indrukwekkend."

Maar ik krijg kriebels. Als ik nog langer blijf, zal Gio denken dat we seks kunnen hebben. Ik heb al wijn met hem gedronken en gedineerd, wat waarschijnlijk een vergissing was. Ik wou dat ik hem niet zo verdomd onweerstaanbaar vond.

Alsof Gio mijn spanning opmerkt, staat hij op zodra hij klaar is met het liedje. "Ik breng je naar huis."

"Of gewoon naar het treinstation. Ik kan de trein naar huis nemen."

"Dat doe je verdomme niet."

Ik rol met mijn ogen, maar ik wist dat hij het ging zeggen en ik kan het vlammetje van warmte dat het ontsteekt niet ontkennen. Mijn duistere held. Geobsedeerd door mijn veiligheid.

Ik ga naar de keuken om op te ruimen.

"Laat dat," beveelt hij. "Ik zal deze keer opruimen."

"Spaciente," zeg ik. Sorry. "Een chef-kok laat zijn keuken nooit wanordelijk achter. Dat is de hoofdregel."

Gio's ogen zijn warm voor mij wanneer hij tegen de deuropening leunt en toekijkt hoe ik me beweeg. Ik ben bliksemsnel - iedere chef-kok is dat. Er is geen plaats om traag te werken in een professionele keuken.

"Ik zou wel willen helpen, maar ik ben bang dat ik in de weg loop," merkt Gio op.

"Dat zou je doen," bevestig ik, terwijl ik de vaatwasser start en de wijn ontkurk. Ik veeg het aanrecht schoon en was en droog mijn handen. "Laten we gaan."

"Zeven minuten, achtentwintig seconden," zegt Gio, terwijl hij op zijn telefoon kijkt. "Indrukwekkend."

"Ik weet het," zeg ik met een zelfvoldane glimlach.

Mijn bekwaamheid in de keuken is één ding waar ik me geen zorgen over maak.

Ik pak mijn spullen bij elkaar en we gaan naar beneden, waarbij Gio mijn karretje en de krat van me overneemt en het zelf verder trekt. "Wat is je favoriete ding van koken?" vraagt Gio in de lift op weg naar beneden.

"Mijn favoriete ding?" Ik wil het hem bijna niet vertellen. Ik wil niet dat hij het gevoel heeft dat hij me een tweede plezier doet. Maar dat doet hij wel. "Het is het creëren van het menu. Dus ik geniet van deze baan."

"Deze baan." herhaalt hij met een knikje, alsof hij zichzelf eraan herinnert dat het voor mij een baan is en niet iets meer. "Kon je dat ook niet wat meer doen bij Milano's?"

Ik haal mijn schouders op. "Milano's is een café. Gebak en koffie. Wat delicatessen. Het is geen restaurant voor fijnproevers."

De liftdeuren gaan open en we komen uit in de ondergrondse parkeergarage. Gio komt dichter bij me staan, alsof hij mijn lichaam met het zijne wil beschermen wanneer we naar zijn SUV gaan.

"Zou het niet kunnen? Ik zit net te denken- je hebt al je eigen plek. Waarom werk je voor een andere chef als je het ook voor jezelf kan doen?"

Ik schud mijn hoofd. Het is niet dat ik nooit gedroomd heb van een eigen restaurant. Maar het zou een mooi restaurant moeten zijn. Niet zo'n afgeleefd café in Cicero. "We krijgen niet het soort klanten dat nodig is om het soort restaurant te financieren dat ik zou willen."

"Wat voor soort is dat?"

Jezus, die vent is meedogenloos. En dit zijn geen persoonlijke vragen, maar voor mij zijn ze dat wel. Ze zijn de essentie van al mijn hoop en dromen. En elk van hen legt een stukje van mijn ziel bloot.

"Verfijnd eten. Zoals Michelangelo's."

Hij laadt het karretje in de kofferbak en houdt dan de deur voor me open. "En al het andere van Michelangelo's vind je geweldig?" vraagt hij wanneer hij instapt. "Alsof je zou willen dat het je fulltime baan was?"

Ik snuif. "Het is mijn fulltime baan. Milano's is mijn thuis. Maar ja. Eerlijk? Soms wou ik dat de schietpartij..." Ik stop omdat het te slecht is om hardop te zeggen.

"De tent gesloten had?" maakt hij af.

Ik adem uit en laat mijn voorhoofd op mijn vingers rusten. "Ik zou dat niet moeten zeggen. Ik ben een vreselijke kleindochter."

Gio is een hele tijd stil en laat me in mijn schaamte sudderen. "Ik weet een heleboel over gedwongen worden in een familiebedrijf," zegt hij nors.

Ik ruk mijn hoofd omhoog en kijk om. Het is nooit bij me opgekomen dat Gio misschien niet van zijn zaak houdt. Het enige wat ik zie is de macht en het geld. Misschien houdt hij niet van het geweld. Wel, verdorie - hij werd ervoor in zijn buik geschoten, is het niet? Hij stierf bijna.

"Ik durf te wedden van wel," zeg ik zacht. Ik schraap mijn keel. "Hoe dan ook, ja, ik zou liever gewoon bij Michelangelo's werken. Alleen zonder mijn huidige baas, want die is walgelijk."

Ik voel Gio's lichaam alert worden, ook al heb ik het niet gezegd. Ik heb niets gezegd, maar toch lijkt hij het te weten. "Hoe walgelijk?" vraagt hij scherp.

Tintelingen lopen over mijn huid. Ik kan niet beslissen of ik opgewonden of nerveus ben over de dreiging die ik in zijn stem hoor. Het feit dat ik weet dat zijn beschermingsdrang ten opzichte van mij nog steeds sterk aanwezig is.

Nee, dit is een probleem.

Deze man is gevaarlijk. Gevaarlijk als benen breken. Knieschijven kapotschieten. Ribben breken. Ik kan het haten om met Arnie te werken, maar ik ga geen maffia huurmoordenaar op hem afsturen.

Nou, ik weet niet of Gio een huurmoordenaar is, maar hij kan het makkelijk zijn.

"Laat maar." Mijn stem klinkt krassend.

Gio verlegd zijn blik van de weg naar mij. "Wat is zijn naam?" Zijn toon is dodelijk.

Ik schud mijn hoofd. "Dat zeg ik niet."

Gio's lip krult en hij kijkt ronduit eng. "Fuck, Marissa?"

Mijn hart klopt snel, alsof ik degene ben die gevaar loopt en niet mijn klootzak van een handtastelijke baas. "Ik vertrouw je niet, Gio."

Hij deinst terug en de kleur verdwijnt uit zijn gezicht, samen met de woede. "Huh," is alles wat hij zegt.

Ik wil meer zeggen - om het beter te formuleren zodat hij niet beledigd is, hoewel dat eigenlijk gek is. Sinds wanneer moet ik me zo'n zorgen maken over het kwetsen van de gevoelens van één van de hoofden van de machtigste misdaadfamilie van het land?

Dat hoef ik niet te doen. Dat zou ik ook niet moeten doen. Deze man bezit me zo'n beetje, ook al heeft hij die macht nog niet veel gebruikt, hij zou het kunnen doen. Ik zou me geen zorgen moeten maken dat hij gekwetst wordt wanneer ik niet wil dat hij iemand in Lake Michigan gooit met betonnen schoenen aan, voor mij.

~

GIO

MIJN VUIST SLAAT TE GEMAKKELIJK DOOR DE GIPSPLAAT VAN MIJN SLAAPKAMER. Ik maak een vuist van mijn vingers, genietend van de pijn. Ik voel tenminste iets. Voor het eerst in maanden. Hoewel de walging ten opzichte van mezelf niet echt mijn vraag beantwoord waarom ik verdomme leef.

Cristo.

Ze vertrouwt me niet. Ik denk dat ze dat verdomme ook niet zou moeten doen. Omdat ik die stronzo baas van haar wil vermoorden. Degene die haar iets walgelijks heeft aangedaan.

En ik weet dat het iets is waarvoor ik hem zou willen vermoorden, omdat ze het niet aan mij wil vertellen.

En fuck, als mijn behoefte om dit voor haar op te lossen, om een beetje gerechtigheid te krijgen, niet zo overweldigend zou zijn. Ik sla mijn vuist weer door de muur. Nog twee keer.

Mijn knokkels bloeden een beetje.

Dus ze wil niet dat ik die man pijn doe. Dat maakt me een slecht mens, denk ik.

Cazzo!

Volgens mij laat je het niet toe dat een vrouw mishandeld wordt door haar baas, zonder daar iets aan te doen. En het gebeurt verdomme met Marissa, wat me al gewelddadig maakt als ik er alleen maar aan denk.

Dus wat moet ik verdomme doen?

Wat zou een goede jongen doen? Een echte held?

Een fucking held zou die stronzo vermoorden.

Zou hij dat niet doen?

Ik weet het niet. Misschien is mijn kijk op de wereld zo gewelddadig dat ik niet meer weet hoe ik in deze wereld moet functioneren. Misschien voel ik me daarom als een walvis op het droge sinds ik neergeschoten werd.

En dan schiet me te binnen wie wel weet hoe ik beter kan functioneren binnen de lijnen van de wet en de maatschappelijke norm.

Ik kijk op de klok. Het is 3:00 's nachts Pas 1:00 's

nachts in Vegas. Ik haal mijn telefoon tevoorschijn en bel mijn jongere broer Nico. Hij is eigenaar van een casino, dus hij is laat op, zelfs met - misschien wel vooral met een baby in huis.

We zijn niet close. Niet echt. De vijf Tacone broers vielen in twee groepen uiteen. De oudste drie - ik, Junior en Paolo, waren de ene groep en de jongere twee - Nico en Stefano waren de andere. Wij oudere broers werden geacht het familiebedrijf over te nemen. Onze vader maakte het ons moeilijk en trainde ons om in zijn plaatje te passen. Nico en Stefano hadden een beetje meer speelruimte.

Dat is misschien de reden waarom ze buiten de lijntjes dachten en hun zaken veel verder uitbreidden dan de rest van ons ooit voor mogelijk hield. En ze maakten het legaal.

Nico neemt op bij de eerste beltoon. "Gio. Wat is er?"

Ik zeg even niets, omdat ik niet eens weet wat ik wil. Of het nu wel of niet een vergissing was om te bellen.

"Gio?"

"Ik ben hier, ja. Ik wilde iets met je bespreken."

"Verdorie."

Ik pauzeer weer. "Stel dat je ontdekt hebt dat de baas van een meisje handtastelijk met haar is, maar ze is absoluut tegen geweld. Ze wil je niet eens de naam van de man vertellen. Wat zou jij dan doen?"

"Wil je wraak nemen of wil je haar uit de situatie halen?"

Ik adem diep in. Interessante opsplitsing. Ik had de twee aan elkaar geplakt in mijn hersenen. "Cazzo. Ik denk dat ik gewoon wil dat ze op haar gemak is. Ik zou wraak kunnen opgeven als ik wist dat hij niet meer in haar buurt zou komen." Misschien.

"Makkelijk dan. Zorg dat hij ontslagen wordt. Probeer de eigenaar te overhalen met geld of bedreigingen. Als hij de eigenaar is, koop je hem uit. Of zorg ervoor dat hij moet sluiten. Betaal iemand om hem failliet te laten gaan. Er zijn een hoop opties. Plus, het is niet echt wraak, maar je kunt ervan genieten als je denkt dat hij werkloos is."

"Huh. Waarom heb ik daar niet aan gedacht?"

"Wie is het meisje?"

"Rot op."

"Is dat de dank die ik krijg?"

"Grazie, fratello. Dat is het."

"Ik heb meer ideeën. Voor stiekeme wraak - het soort dat ze niet aan jou zou koppelen. Ongelukken, dat soort dingen. Als je dat ook nodig hebt."

Ik laat mijn gezwollen knokkels kraken. Heb ik dat nodig?

Marissa's reactie blijft zich maar herhalen in mijn hoofd. Ik vertrouw je niet, Gio.

Daar hou ik verdomme niet van.

"Nah, ik zal proberen het legaal te doen. Dat werkt ook goed bij jou."

"Inderdaad. Een beetje meedogenloosheid in legale zaken brengt je recht naar de top. Wie is het meisje?

"Sta 'zitto." Hou je kop.

"Ken ik haar?"

"Ja. Het is niets. Ik weet het niet. Gewoon een meisje dat ik wil beschermen."

"Je bent een goede man, Gio."

Ben ik dat? Ik betwijfel het ten zeerste. Niet als ik niet eens op een idee kon komen dat geen geweld inhield.

"Dat ben ik niet. Geef Nico Junior een kus van mij."

"Zal ik doen. Buona notte."

Ik beëindig het gesprek, dankbaar voor waar Nico me aan herinnerde. Ik heb meer dan mijn vuisten of wapens. Ik heb geld. En dat is net zo machtig - misschien wel machtiger - dan mijn vermogen om te intimideren.

Morgen zoek ik uit hoe ik Michelangelo's kan kopen en

ontsla ik iedere klootzak die Marissa ontslagen wil zien. Er begint nieuw leven te flikkeren in mijn lichaam. Iets dat al lang dood was in mij - dat al dood was voor de schietpartij - ontwaakt.

Gio Tacone, een restauranteigenaar. Het lijkt verdomd veel op de dromen die ik als kind had voor mijn volwassen leven. Voordat mijn vader ze voor altijd de kop indrukte.

Ik stelde me voor dat ik eigenaar was van een chique lounge in een stijl van de jaren 50. Het soort waar Sinatra in zou zingen, als hij nog zou leven. Ik denk dat het een pianobar zou zijn. Ergens waar ik zou kunnen heersen, waar de familie zou kunnen samenkomen, drinken en zaken zou kunnen doen, en mijn kleine vleugelpiano zou schitteren in de hoek, klaar voor mij, om er op te gaan zitten en mensen te vermaken. Ik denk dat ik dacht dat het de perfecte samensmelting zou zijn van La Cosa Nostra en mijn liefde voor de piano. Alsof ik die twee op de een of andere manier op een positieve manier zou kunnen combineren.

Maar natuurlijk, iedere carrière met de piano - zelfs een chique italiaanse pianobar - werd door mijn vader afgewezen.

Hoe meer ik het me inbeeld, hoe meer het tot leven komt. Net zoals wat Nico voor zichzelf heeft gebouwd, maar dan op een kleine, intieme schaal. Een chique plek voor mezelf. Lekker eten met een menu dat wordt bereid door het nieuwe talent Marissa Milano. Een glanzende zwarte kleine vleugelpiano achter bij de bar.

Verdorie, ja.

Dit zou zeker kunnen werken.

HOOFDSTUK VIJF

Marissa

We zijn nog maar net begonnen met onze dienst - het restaurant is nog niet eens open - wanneer Michael, Michelangelo's eigenaar/manager, zijn hoofd in de keuken steekt en zegt dat hij ons allemaal in het restaurant nodig heeft voor een vergadering. Hij lijkt nerveus. Een beetje bezweet, zeker gespannen.

Mijn maag krimpt ineen. Wordt er iemand ontslagen? Maar waarom zouden ze ons daar allemaal voor nodig hebben? Shit. Is dit waar hij ons verteld dat ze failliet gaan? Of dat iemand iets heeft gestolen? Het is niet goed, wat het ook is.

Ik volg de rest van het keukenpersoneel naar buiten en dat is wanneer mijn wereld op zijn kop wordt gezet.

Gio zit daar, hij ziet er verwoestend dapper uit in zijn slanke Italiaanse pak en glimmende schoenen. Hij zit daar - niet als klant, maar alsof hij hier thuishoort. Alsof hij eigenaar is van deze plaats.

Mijn gevoel van angst neemt toe.

"Ik wil jullie voorstellen aan de nieuwe eigenaar van Michelangelo's." Michael wappert met een nerveuze hand in Gio's richting. "Dit is de heer Tacone, jullie nieuwe baas. Hij zal vanaf nu beslissen wat hier gebeurt. Ik blijf nog als manager en consultant voor een periode van zes maanden."

De kronkel in mijn maag wordt steeds strakker.

Godverdomme Gio.

Wat in godsnaam denkt hij dat hij aan het doen is?

Hij kocht het restaurant waar ik werk? Met welk doel? Om me nog meer te bezitten? Om ervoor te zorgen dat ik op alle gebieden van mijn leven aan hem verantwoording moet afleggen?

Ik knipper hete, woedende tranen weg.

De zenuwen.

Michelangelo's zal de nieuwe ontmoetingsplaats van de maffia worden. Net zoals Milano's dat de afgelopen veertig jaar was. Mijn grootvader is eindelijk verlost van de Tacones en ik deed mijn best om die vrijheid te behouden met de nieuwe regeling die we sloten, maar Gio zorgde ervoor dat ik in dezelfde positie terechtkwam. Net zoals mijn grootvader, zit ik nu opgesloten in een bedrijf dat voor de maffia werkt. Waarschijnlijk voor de rest van mijn leven, als dit hetzelfde is als de deal van mijn grootvader. Ik zal nooit de kans hebben om te vertrekken. Ik zal nooit naar een ander restaurant kunnen gaan of mijn eigen restaurant kunnen beginnen.

Ik zit opgesloten in het scenario dat ik wilde vermijden.

En vervloek Gio Tacone om zo verwoestend en elegant te kijken terwijl hij mijn toekomst steelt. Zijn lippen krommen omhoog en hij erkent ons allemaal met een vorstelijke buiging van zijn hoofd.

Klootzak.

Serieus. Wat een klootzak.

We gaan terug naar de keuken en Lilah fluistert tegen me, "Denk je dat hij familie is van de Tacone misdaadfamilie?"

"Ik kan het je garanderen."

Ze moet de veroordeling in mijn toon horen want ze werpt een blik over haar schouder naar me terwijl we naast elkaar werken. "Wacht... ken jij hem?"

Ik haal mijn schouders nors op. "Ik kom uit Cicero. Zijn familie was eigenaar van mijn buurt toen ik daar opgroeide."

Lilah fluit. "Godverdomme. Ken je hem persoonlijk? Ik bedoel, hij kent jou niet, toch?" Ik hoor opwinding in haar toon, alsof dit de beste roddel is die ze het afgelopen jaar heeft gehoord.

"Oh, hij kent mij wel."

"Marissa" - Lilah grijpt mijn arm vast en weerhoudt me ervan pasta in de pan met kokend water te gooien - "wat vertel je me niet?"

Ik schud gewoon mijn hoofd. "Laten we zeggen dat het geen toeval is dat hij dit specifieke restaurant heeft gekocht."

Lilahs ogen worden groter en ze draait haar nek om mijn gezicht te kunnen zien. "Meeeeeeid! Vertel je me nu dat meneer Duister en Gevaarlijk achter je aan zit? Alsof hij je baas wil zijn als een soort vader?"

Ik schud gewoon mijn hoofd en ga weer verder met wat ik bezig was. "Ik kan niet eens... Ik kan het niet." Ik ben te overstuur om me door haar tot lachen te laten verleiden. Het is niet grappig.

Gio Tacone ging veel te ver deze keer.

~

Gio

Ik geniet ervan om in de hoek van Michelangelo's te zitten en toe te kijken hoe de zaak loopt. De bediening loopt rond, werpt me nerveuze blikken toe, voelt waarschijnlijk de branderigheid van mijn blik. Maar ze zijn goed in hun werk. Ik zal niet binnenkomen en direct veel veranderingen aanbrengen. Niet zonder te observeren hoe de dingen lopen gedurende de zes maanden dat ik Michael onder contract heb.

Hij wilde zijn restaurant niet zomaar opgeven, zeker niet met een concurrentiebeding zodat hij geen nieuw restaurant kan openen, maar ik deed hem een goed aanbod en oefende een beetje druk uit voor de goede orde. Zoals het noemen van alles wat ik wist over zijn familie. Hoe zijn moeder meer hulp kon gebruiken in Florida. En dat de rekeningen van zijn dochter waarschijnlijk hoog waren.

Hij begreep het. Ik wilde hem weg hebben. Ik had het geld om hem uit te kopen. En ik zou zijn medewerking op prijs stellen. Er werd niet echt gedreigd, hoewel ik denk dat mijn naam en reputatie vaak voor genoeg bedreiging zorgen in deze stad.

En het kopen van deze plek voelt als het openen van een deur. Alsof het datgene kan zijn wat ik miste in mijn leven, een doel om mezelf op te storten. Iets waar ik verdomme plezier in zal hebben. Een plek om de stekende eenzaamheid te verdrijven. Om ergens deel van uit te maken.

Om verdomme piano te spelen voor mensen wiens achternaam niet Tacone is.

En ja... als een geschenk voor Marissa. Om haar ergens te houden waar ik haar kan beschermen en haar kan laten doen waar ze van houdt.

Ik zweer bij Cristo, de schietpartij heeft me veranderd, want ik wil er niets voor terug. Ze hoeft me niet te neuken. Ze hoeft mijn meisje niet te zijn.

Ik heb de capaciteit om haar gelukkig te maken en het doet me deugd om het te doen.

Ik blijf de hele nacht, proef verschillende gerechten, vraag om een paar drankjes. Kijk rond.

En als het restaurant sluit, zeg ik tegen Michael: "Ik sluit wel af."

Hij is te verward door zijn nieuwe rol om te discussiëren. Hij geeft me de sleutels en schrijft de beveiligingscode op, zodat ik het systeem kan inschakelen. Ik maak een aantekening dat ik de code en sleutels voor morgenavond moet veranderen.

Dan slenter ik terug naar de keuken om naar het opruimen te kijken.

Marissa ziet er uitgeput uit, een streep tussen haar wenkbrauwen alsof ze zich ergens zorgen over maakt. Ze negeert me ook en doet alsof we elkaar niet kennen.

Oké, misschien wil ze niet dat het lijkt alsof ze met de baas naar bed gaat. Wat niet zo is.

Maar toch.

"Goed gewerkt, iedereen. Al het eten dat ik geproefd heb, was heerlijk," zeg ik en de meeste van het keukenpersoneel werpen me half-warme, half-verontwaardigde blikken toe. Nou ja, niemand houdt van verandering.

Ik blijf toekijken hoe ze alles afwerken, wat tot gevolg heeft dat iedereen zich snel om me heen haast om snel te kunnen vertrekken.

Marissa snapt de hint en blijft staan tot ze weg zijn, terwijl ze een stille blik vol verborgen betekenis uitwisselt met het andere meisje dat daar werkt.

"Kom mee." Ik wenk mijn hoofd in de richting van het restaurantgedeelte. "Ik schenk wat te drinken voor je in."

Ze volgt me naar het einde van de bar. Ik schenk een glas in van de dure chianti die ik eerder heb geproefd, maar zij zet het op de bar en geeft me een knietje in mijn ballen.

"Wat de fuck?" Ik draai me om. Wat? De Fuck? De pijn schiet helemaal omhoog naar mijn maag, galmend waar ik geraakt ben.

"Ik denk dat je me nu helemaal bezit, of niet?" Snauwt Marissa.

Ik kom overeind want ik ben in elkaar gezakt. Wat?

"Je stemde in om Milano's niet te bezitten, alleen maar om deze plek te kopen? Echt, Gio?" Ze probeert om in mijn gezicht te slaan.

Ik vang haar polsen voordat de klap me raakt en duw haar met haar rug tegen de muur.

Ze snakt naar adem.

"Voorzichtig, engel," grom ik terwijl ik met mijn tanden knars. Ik kan nog steeds niet recht zien van de pijn in mijn ballen en het maakt me agressief.

Heel agressief.

Ik leun met mijn gezicht in de holte van haar nek. "Ik hou ervan om ruw te spelen. Ga zo door en je zal hard geneukt worden tegen deze muur."

Ze draait zich om en bijt in mijn kaak.

Cristo, was dat haar antwoord? Wil ze dat ik haar neuk? Of vecht ze gewoon terug?

En waarom trek ik verdomme iedere stap die ik met dit meisje zet in twijfel? Het is duidelijk dat het altijd verkeerd zal zijn.

Ik duw de pijnlijke bobbel van mijn pik tussen haar benen.

"Dit is hoe het zal gaan," snauw ik. Mijn voorhoofd leunt tegen het hare en we staren elkaar recht in de ogen. "Of je verontschuldigt je heel aardig omdat je me in mijn ballen raakte of ik ga je straffen met deze pik totdat je niet meer recht kunt lopen. Capiche?"

Ik wacht.

Ze hijgt en staart terug naar mij.

Geen verontschuldiging.

Ik geef haar nog één tel. Dan neem ik haar polsen vast in één hand en palm haar heuvel in met de andere. Ik ben ruw.

Geen zacht gestreel. Geen lichte massage over haar clitje.

Het is meer een bezitterige greep.

Ze is boos omdat ze denkt dat ik haar wil bezitten?

Ik zal haar verdomme bezitten.

Ik trek haar omhoog met mijn greep en til haar op tot ze op haar tenen staat.

Ze bijt opnieuw - deze keer in mijn nek. Ik grinnik duister. "Stoute meid." Ik wrijf tussen haar benen en schuif dan mijn hand in haar broek om haar bij haar poesje te pakken.

Ze is nat.

Het laatste restje van mijn geweten glijdt weg wanneer ik dat ontdek.

"Schatje, je staat op het punt om uit te vinden wat het betekent om iemands bezit te zijn." Ik duw een vinger in haar en haar wilde ogen worden groter. Ik stop een tweede vinger in haar en duw omhoog.

Ze bijt zo hard op haar lip dat het bloedt. Het grommende geluid dat ze maakt, zorgt ervoor dat mijn pik keihard wordt. Ik vinger haar, terwijl ik probeer om haar G-spot te vinden aan de voorkant. Uiteindelijk vind ik het -

de plek waar het weefsel hard worden door mijn aanraking.

Marissa maakt een onverstaanbaar geluid.

Ik probeer uit te zoeken hoe ik mijn pik eruit kan krijgen terwijl ik haar nog steeds vinger en tegen de muur vastklem. Dat gaat niet lukken. Jammer dat het onmogelijk is. Ik trek mijn vingers uit haar en zuig haar sappen op.

"Wil je weten hoe het is om het bezit te zijn van Gio Tacone?" Ik trek haar van de muur en draai haar polsen achter haar rug, dan duw ik haar over een van de eettafels.

Ik ruk mijn riem uit de lussen en ze schrikt, kijkt over haar schouder naar me terwijl ze probeert recht te komen.

Ik duw haar weer over de tafel en geef haar een tik met de riem op haar kont. "Ik was niet van plan om je te slaan, engel, maar ik zal dat wel doen als dat nodig is."

Ze wordt stil, luistert en ademt hard.

Ik draai mijn riem om haar polsen en trek hem strak aan. Dan trek ik haar broek en slipje uit. Ze helpt me door haar schoenen uit te schoppen.

Nog een klein teken van instemming.

Marissa wil nu een goede neukbeurt. Ze hunkert er net zo hard naar als ik.

Er zit een rode plek van de riem op haar kont. Ik vind het er leuk uitzien, dus ik sla haar nog wat meer met mijn hand.

Het voelt fucking geweldig.

Haar kleine kreetjes doen mijn pijnlijke ballen nog meer bonzen. Mijn handpalm prikt van de impact. Ik zie hoe haar huid een mooie blos krijgt. Nu ik bezig ben, wil ik eigenlijk niet meer stoppen. Ik zou haar de hele nacht kunnen slaan.

"Denk je dat ik deze plek gekocht heb om jou te bezitten, Marissa? Denk je dat echt?"

Haar kont danst onder mijn klappen en ze schuift van

de ene op de andere voet. "Waarom zou je dat anders doen?" schreeuwt ze terug naar mij.

Ik sla haar nog harder en ga voor de achterkant van haar dijen. Ze gilt oprecht van schrik, en ik doe wat rustiger aan en ga terug naar haar kont. "Ik zal je zeggen waarom ik het gekocht heb, engel. Omdat je niet wilde dat ik je baas in elkaar sloeg en ik wilde dat je veilig was. Ik heb het gekocht zodat ik hem kon ontslaan en jou wat meer creatieve vrijheid kon geven."

Marissa maakt een wurgend geluid. Ze ligt even stil en hijgt hard. Dan rukt ze harder aan haar polsen. "Gio," schreeuwt ze.

"Stil." Het is een scherp bevel. Ik wil niet horen wat ze wil zeggen. Ik stop met slaan en trek mijn pik eruit. "Weet je, het is veel makkelijker op deze manier, echt waar." Ik haal een condoom uit mijn portemonnee en rol die om. "We zijn het er allebei gewoon over eens dat ik je bezit. Ik probeerde te hard om de goede kerel te zijn." Ik pak haar heupen met één hand vast en mijn pik met de andere en duw naar binnen. Ze is zo verdomd strak. "Maar Tacones zijn geen goede kerels. Toch, Marissa?"

Ze jammert en schuift haar heupen naar achteren om me dieper te nemen.

Ik hou haar schouder met één hand vast en haar heupen met de andere en boor in haar. "Je hebt een rol voor me bedacht. Waarom zou ik die verdomme niet gewoon vervullen?" Het voelt zo goed om in haar te zijn. Haar strakke natte warmte knijpt in mijn pik als een handschoen en iedere keer als mijn ballen haar clitje raken, zorgt de resterende pijn van haar aanval ervoor dat ik haar nog harder wil neuken.

"Ik heb ook een rol die jij kunt spelen, engel. Het is heel makkelijk."

Marissa

OH GOD. Ik heb het weer verpest. Heel erg.

Misschien nog erger dan toen ik hem probeerde te chanteren, want toen probeerde hij me nog te laten zien dat hij niet was wat ik dacht.

Maar hij heeft gelijk.

Ik geloofde niet dat hij iets anders kon zijn dan wat zijn vader was.

En nu is zijn geduld met mij op.

Ik heb een pissige, agressieve gangster, of misschien ex-gangster, die mijn hersens eruit neukt.

Maar ik ben niet bang. Hij heeft me geen pijn gedaan. Zelfs niet nadat ik hem pijn heb gedaan.

Het is grappig hoe mijn lichaam instinctief onderdanig wordt onder zijn bevel. Ik geef me over en stel me open voor hem. Ontvang zijn woede met iedere gewelddadige stoot.

"Gio." Ik weet niet wat ik moet zeggen om dit op te lossen. Of het wel op te lossen valt, of dat hij nu echt naar de duistere kant is gegaan.

"Hou je mond of ik stop mijn pik erin," gromt Gio.

Hij wil mijn verontschuldigingen niet. Hij weet dat ik die wilde aanbieden.

Oké. Hij wil boos zijn en het oplossen met ruige seks, ik ga akkoord.

Eerlijk gezegd, ik was al akkoord vanaf het begin en hij wist dat. Ik hield mezelf voor de gek toen ik hem zei dat ik geen seks met hem wilde.

Misschien was het onvermijdelijk. Vanaf het moment dat ik in zijn kantoor verscheen met mijn hoge hakken en laag uitgesneden blouse, was het lot bepaald. Ik bood mezelf aan de duivel aan. Neem me met je mee naar de hel. Maak me je koningin.

Gio schuift één hand rond mijn keel en gebruikt die om me op te tillen, buigt mijn rug als een exotisch muziekinstrument, terwijl hij doorgaat met me hard te neuken.

Hij wil geen verontschuldiging. Wat wil hij dan wel?

Wat zou dit nog beter maken?

Ik flap het eerste eruit wat in me opkomt. "Bezit me." Mijn stem klinkt huilerig. Ben ik aan het huilen? "Bezit me, dan, Gio."

Ik weet niet eens wat ik daarmee bedoel - geef ik hem echt toestemming om mijn lichaam te gebruiken? Wat het ook betekent, het was het juiste ding om te zeggen.

Gio stoot harder. Zijn ademhaling wordt ruw en dan komt hij klaar met een brul die weerkaatst tegen de muren van het restaurant.

Tot mijn verbazing, kom ik ook klaar. Snelle kneepjes van mijn poesje rond zijn pik verlichten de behoefte die me opbrandde. Ik ben geen expert als het op seks aankomt. Ik had één langdurige partner - een vriendje waar ik tien maanden mee samenwoonde toen ik op de koksschool zat. We hadden seks en ik dacht dat het goed was, maar niets is zoals dit orgasme.

Het samenknijpen gaat maar door, pulserend. Telkens als hij zich terugtrekt en weer naar binnen duwt, veroorzaken naschokken een nieuwe pulsering.

Ik verlies mezelf in de sensatie van door hem gevuld te worden.

Door hem bevredigd te worden.

Door hem gebruikt te worden.

Hij trekt zich terug. "Beweeg verdomme niet, kleine meid," gromt hij.

Ik doe het niet. Ik denk dat ik nu graag wil behagen.

Nu ik erachter ben gekomen dat deze man Michelangelo's heeft gekocht om Arnie te ontslaan. En om mij gelukkig te maken.

Als ik hem kan geloven.

En ik denk dat ik dat kan.

Het valt niet te ontkennen hoe beledigd hij nu is.

Natuurlijk, dat kan ook komen door de knie in zijn ballen.

Ik kan niet geloven dat ik dat echt heb gedaan.

Het feit dat ik dat deed zegt me dat ik wist dat hij niet is wat ik dacht dat hij was.

Zou ik Don Tacone een knietje in zijn ballen hebben gegeven?

Nooit. In geen miljoen jaar. De man is moord en gevaar en macht in één. Was. Hij zit nu in de gevangenis.

Ik zou zoiets niet eens durven met Junior Tacone. Of een van de andere broers. Nee, ik deed het omdat ik weet dat Gio ongevaarlijk is.

Hij komt terug en haalt de riem van mijn polsen en gooit mijn tas naast mijn hoofd neer. "Als je iemand moet laten weten dat je niet thuis zult komen, doe het dan nu."

Mijn adem verlaat met een ruk mijn borst. Hij gaat me echt opeisen.

Het resultaat is meer opwinding dan wat dan ook. Deze stoere, boze kant van Gio doet mijn tenen krullen. Doet mijn slipje smelten.

Er is iets opwindends aan een man die de leiding neemt, vooral als het op seks aankomt, die me helemaal verpletterd. En dat krijgen van de knappe, normaal gesproken charmante Gio maakt het des te verleidelijker.

Mijn vingers trillen wanneer ik mijn telefoon tevoorschijn haal en Tante Lori sms dat ik met een collega naar huis ga.

"Klaar." Zeg ik, terwijl ik hem voor het eerst in de ogen

durf te kijken sinds hij me tegen de muur heeft gedrukt. Ik ben nog steeds naakt vanaf mijn middel, maar dat is nog niets vergeleken met hoe kwetsbaar het voelt om alleen maar naar hem te kijken.

"Ik ben -"

Hij bedekt mijn mond met zijn hand. "Bewaar het, engel. De tijd van spijt is voorbij. We zijn verdergegaan met bezit en ik vind dat best leuk." Hij bukt om mijn slipje op te rapen en geeft het aan mij, dan schudt hij mijn broek uit.

"Ik moet douchen," flap ik eruit, plotseling beschaamd over mijn toestand. Als hij me mee naar huis neemt voor meer... wat dan ook, dan moet ik me zeker even opfrissen. Ik heb net acht uur in een keuken gewerkt - ik ruik naar eten en zweet. En mijn haar is helemaal platgedrukt van mijn koksmuts.

"Dat kan geregeld worden." Hij doet nog steeds nors tegen me.

Ik trek de broek aan en pak mijn tas. Het is grappig dat wanneer hij stoer wordt, ik volgzaam word. De machtsdynamiek is verschoven. Hij liet me eerder mijn gewicht in de schaal leggen. Gaf me een paar kansen.

Hij liet me nee zeggen.

Nu is hij de baas en ben ik het stoute meisje.

Hoewel ik diep vanbinnen nog steeds geloof dat ik nee tegen hem kan zeggen. Hij gaf me een keuze toen hij me tegen die muur drukte.

Ook al was hij boos, hij was voorzichtig met me.

Ik wacht terwijl hij afsluit en we naar buiten gaan. Ik hou mijn jas vast in plaats van hem aan te doen en ik ril van de kou. Gio neemt die onmiddellijk uit mijn armen en houdt hem voor me uit, terwijl hij me helpt om hem aan te trekken.

Hij mag dan het eigendom van mij hebben opgeëist,

maar hij is nog steeds een heer. Ik ben gekalmeerd door de eenvoudige daad.

Wat Gio ook voor me in petto heeft, ik zal veilig zijn. Daar ben ik zeker van.

HOOFDSTUK ZES

Gio

Ik lig languit op mijn rug op het bed in mijn boxershort en luister naar het geluid van de douche in de grote badkamer.

Ik ben een klootzak. Misschien ben ik altijd al een klootzak geweest die zich voordeed als een fatsoenlijke man.

Misschien heb ik er gewoon nooit bij stilgestaan.

Ik ben nog steeds kwaad over hoe Marissa me ziet, wat stom is. Wie zegt dat ik die man niet ben? Ik ben een Tacone.

Ik kan nemen wat ik verdomme wil.

Ik hoef niet eerst toestemming te vragen.

Marissa Milano gaat dat vanavond leren.

Wat me dwarszit is dat het nog steeds zo makkelijk voor me is om haar te laten gaan. Ik kan haar verontschuldiging aanvaarden en haar naar huis sturen met een taxi. Maar zij wil dit.

Bezit mij, dan, Gio. Ik zal het keelgeluid van die fucking schreeuw nooit vergeten. Of de manier waarop het voelde om haar volledig op te eisen.

Ik zal het nooit iemand vertellen, maar zij is de eerste vrouw met wie ik seks heb gehad sinds ik ben neergeschoten. Eerst was ik bang dat mijn pik niet meer zou werken. Ik had nog zoveel pijn en voelde me nog niet helemaal mezelf.

Daarna verloor ik gewoon mijn interesse in de vrouwen, net zoals ik mijn interesse in het leven verloor. Maar Marissa heeft me zeker laten zien dat alles goed werkt.

Dat alles in orde is daar beneden.

In feite, zelfs klaar voor de tweede ronde.

Ik trek mijn pik uit mijn boxershort en geef er een harde ruk aan.

De douche gaat uit. Mijn pik zwelt van verwachting.

En dan prikt mijn verdomde geweten weer. Misschien is het omdat ze zoveel jonger is dan ik. Of door de nachtmerries en mijn onredelijke behoefte om haar te beschermen tegen het gevaar dat haar daarin achtervolgt.

Of omdat ik morgen dood kan gaan en niet wil voelen dat ik ooit een meisje tegen haar wil heb meegenomen.

Maar dan doet Marissa de deur open en staat daar, helemaal, glorieus naakt. En ze kijkt één keer naar mij, met mijn pik in mijn hand en ze komt recht op me af.

Fuck you, geweten. Jij maakt-je-nergens-zorgen-om-hoer.

Marissa kruipt over me heen, schrijlings over mijn dijen en reikt naar mijn pik.

Ik ben nooit de passieve in bed, maar ik laat haar rijden. Het is verdomd heet om te zien dat ze me dit wil geven. Mijn pik wordt langer en dikker in haar handpalm en ze plaagt me niet. Ze neemt me diep bij de eerste stoot.

Ik brengt mijn heupen omhoog en duw tot achter in haar keel zonder dat ik het wil.

Ze verslikt zich maar gaat toch door. Ze zuigt hard, haar tong wervelend over de onderkant van mijn stijve lengte.

"Cazzo, engel." Mijn hand verstrengelt zich in haar natte haar.

Ze is verdomd mooi. Perfect, omdat ze Marissa is. Kleine borsten. Een beetje ronding bij haar buik, lange slanke benen.

Ik gebruik mijn hand in haar haren om haar voorwaarts en achterwaarts over mijn pik te duwen, voorzichtig om te voorkomen dat ze zich weer verslikt. Ze bromt.

Het meisje maakt een fucking zoemend geluid.

Ik pas mijn greep aan, veeg al haar haren weg uit haar gezicht en draai ze rond mijn vuist. "Aw, je bent een droevig meisje, is het niet, engel?"

"Mmm." Ze blijft maar neuriën. Het is zo verdomd heet en zoet. Ik vind het heerlijk. Ik wil dat het eeuwig doorgaat, maar mijn ballen trekken al strak.

Ik trek haar van me af. "Hoe graag ik je ook zou zien slikken, engel, ik heb vanavond andere plannen met je."

Ze zit rechtop, een kleine seksgodin, haar puntige borsten wijzen naar mij, haar uitdrukking zo fucking gewillig.

Bezit me, dan, Gio.

Ze vroeg hierom.

"Over mijn schoot, engel. Ik ga die kont nog een keer slaan voor ik die neuk." Ik ga rechtop zitten met mijn rug tegen het hoofdeinde en trek haar over mijn dijen. "Ik vond het heerlijk om die kont een pak slaag te geven," zeg ik, terwijl ik met mijn handpalm over haar zachte huid strijk. "Vond je het lekker, popje?"

Ze antwoordt niet.

Ik geef een mep. "Hmm?"

Ze draait haar gezicht naar me toe. "Het lijkt me gevaarlijk om dat toe te geven."

Ik grinnik omdat ik wist dat ik gelijk had - ze vond het heerlijk. "Aw, je kunt me vertrouwen, engel. Ik zal je geen pijn doen."

Ik hou van haar kleine glimlach. Ze rolt met haar heupen, wat ik opvat als een uitnodiging om haar nog wat meer te slaan, en dat doe ik, waardoor haar huid een mooie roze kleur krijgt. Dan laat ik mijn vingers tussen haar benen glijden en wrijf over haar zoete nectar tot aan haar clitje. "Misschien moet ik je iedere keer een pak slaag geven, engel. Voel je hoe nat je bent?"

Ze rilt wanneer ik twee vingers in haar schuif en ze een paar keer op en neer beweeg. "Spreid je dijen, schatje."

Ze opent zich wijder voor me. Ik streel over haar sappige vlees, zodat haar clitje stijf en heet wordt. Ik gebruik wat van haar glijmiddel en breng mijn wijsvinger naar haar anus, masseer het gaatje open.

Ze jammert en probeert zich aan te spannen, maar mijn vinger zit er al in. Ik druppel er een beetje speeksel overheen om het soepel te laten gaan. "Heb je dit al eens in je kont genomen, kleine meid?"

"N-nee." Ze klinkt nu een beetje bang, maar dat vind ik niet erg. Ik weet wat ik doe en ze zal het lekker vinden.

"Nou, je gaat me in je kont nemen voor mij, schatje. Wanneer ik maar wil. Capiche?"

Cristo, ze wrijft met haar tepels over de bedsprei. "Je bent gemeen," hijgt ze terwijl ik haar kont neuk met mijn vinger.

"Ik bezit jou, schatje, weet je nog? Jij zei het eerst."

"Ik weet het. Gio, het spijt me."

"Ik weet dat het je spijt, schatje." Het is gemakkelijk om een verontschuldiging te aanvaarden wanneer zij zich zo volledig heeft overgegeven. Ik haal mijn vinger uit haar anus en sla nog eens op haar kont. "Ga op je buik liggen. Met een kussen onder je heupen om je kont voor me op te tillen." Nog een klap.

Ze gehoorzaamt terwijl ik opsta en een fles glijmiddel uit mijn nachtkastje haal. Ik ben er gul mee en spuit zowel wat over haar anus als over mijn pik.

Ik ga om haar dijen zitten en duw haar billen wijd open. "Diep inademen," beveel ik.

Ze haalt diep adem. Ik duw de kop van mijn pik tegen haar kontgaatje en oefen een beetje druk uit. "Adem uit."

Wanneer ze dat doet, duw ik zachtjes naar binnen. Het is een uitdaging om voorbij de kop te komen, maar ik ga langzaam.

Ze gromt, kleine kreuntjes.

"Nog een keer goed uitademen, engel." Ik duw voorzichtig de rest van de weg naar binnen en wacht tot ze aan me gewend is. "Als jij je vingers tussen je benen wil laten glijden en met dat lieve poesje van je wil spelen, dan mag dat."

Ze beweegt onmiddellijk, alsof het een wanhopige behoefte is.

Ik steun met mijn gewicht op mijn handen en schommel in haar kont. Ik hou van de macht van haar onder me te hebben terwijl ze zich overgeeft aan deze erotische straf. Ik hou van het strakke knijpen, het taboe van dit ding.

Ik hou verdomme van het geluid van haar hijgen en de kleine kreetjes wanneer ik de snelheid opvoer. Ik hou er zelfs nog meer van wanneer zij mijn naam begint te kreunen. "Gio... Gio."

"Dat is juist, engel. Wie bezit jou?"

"Jij bezit me. Oh mijn God, dat doe je. Heilige hel,

Gio." Ik hoor haar vingers verwoed werken tussen haar benen.

Ik neuk haar harder, sneller, voorzichtig zodat ik niet te ruw of onregelmatig ben met mijn stoten. Mijn ballen spannen zich op, warmte laait op aan de basis van mijn ruggengraat. Ik trek me terug en pomp over mijn pik, terwijl ik over haar kont klaarkom.

Ze schreeuwt het uit, haar heupen komen omhoog van het kussen terwijl ze haar andere hand tussen haar benen brengt. Zodra ik klaar ben, steek ik drie vingers en mijn duim langs achteren in haar poesje, maak een kegel om haar daarmee te neuken tot ze het uitschreeuwt en helemaal over mijn vingers klaarkomt.

Marissa

GIO STAAT OP EN KOMT TERUG MET EEN WASHANDJE, waarmee hij me schoonmaakt. Daarna brengt hij me een glas water. "Gaat het, engel?"

Ik knik en drink gulzig voordat ik hem het glas teruggeef. Hij is in al zijn naakte, mannelijke glorie. Brede, gespierde schouders, harige borst, dijen als boomstammen. Zijn schaduw geeft hem een ruige uitstraling.

"Kruip onder de dekens, ik ga snel even douchen."

"Oké." Ik voel me net een stout meisje. Een beetje beschaamd. Een beetje gestraft. Veel gebruikt. Zeker iemands bezit.

Mijn anus pulseert, rauw en pijnlijk van de activiteit, maar de rest van mijn lichaam is vervuld van ontspanning en de feel-good hormonen die horen bij twee orgasmes in één nacht.

Ik kruip onder de dekens, verrast wanneer Gio op me wacht om ze omhoog te trekken en mijn slaap te kussen. De zoetheid ervan doet mijn hart sneller slaan. Ik was slaperig, maar nu raast mijn geest, draait zich om en onderzoekt alles wat er vannacht is gebeurd.

Hij zorgt voor me.

Dat heb ik nog nooit meegemaakt. Nog nooit. Mijn moeder liet me achter bij mijn grootouders toen ik zes was en die waren natuurlijk aardig voor me, maar ze waren al oud en overwerkt. Ze hadden mijn hulp nodig. Niemand had tijd om voor me te zorgen.

Ik denk aan alles wat Gio heeft gedaan voor mij. Er is het geld, wat in de lijn van zijn werk ligt, dus dat telt niet. Maar me naar het ziekenhuis rijden om de operatie te betalen. Bij Michelangelo buiten op me wachten om me naar huis te brengen.

Michelangelo's kopen om mijn baas te ontslaan.

Ik kan dat nog steeds niet geloven.

Gio komt uit de douche met een handdoek rond zijn taille gewikkeld. Ik draai me om in het bed wanneer hij die laat vallen en ook in het bed kruipt.

"Is het waar? Heb je echt Michelangelo's gekocht om mijn baas te ontslaan?"

Gio leunt op zijn onderarm. "Ik zweer het bij Christus. Je kunt mijn broer Nico bellen en hij zal het je vertellen. Het was zijn idee."

Ik knipper naar hem, plotseling gefascineerd door alles van Gio Tacone - zijn broers, zijn geschiedenis, zijn beweegredenen. "Welke broer is Nico?"

"Hij is een jongere broer. Hij woont in Vegas."

"Hij runt je casino"

"Nou, het is zijn casino, maar ik ben een aandeelhouder, ja."

"Dus, wat? Heb je hem gebeld? Over mij?" Ik voel me

brutaal, denk ik, want ik strek mijn vingers uit om ze door zijn borsthaar te halen.

Zijn mondhoek trekt omhoog en hij strijkt met zijn duim over mijn uitgestrekte arm. "Ja. Je wilde niet dat ik de man zou vermoorden. Nico heeft bewezen dat hij goed is in - je weet wel - meer legale oplossingen vinden voor problemen."

Nu lach ik. Ik hou van deze glimpen van de echte Gio. Niet de gladde charmeur, maar de eerlijke prater.

"En hij vertelde je om het restaurant te kopen?"

"Ja. Of druk uit te oefenen op de eigenaar, maar ik dacht dat je dat ook niet leuk zou vinden. Ik probeer goed te zijn, Marissa. Maar het blijft fout lopen met jou."

Mijn hart bonst nu.

Hij probeert goed te zijn... voor mij?

Hoe is het mogelijk dat ik de aandacht heb getrokken van zo'n machtige man? En bovendien, dat hij bezorgd is om het goede voor mij te doen?

Ik schuif een beetje dichter op het bed. "Het spijt me nogmaals dat ik je acties verkeerd heb geïnterpreteerd."

Hij beweegt langzaam - misschien langzaam genoeg om hem tegen te houden als ik zou willen - en reikt naar mijn hoofd. Hij legt zijn grote hand op de achterkant en trekt mijn gezicht naar hem toe.

Eén kus.

Meer een voorproefje. Hij laat zijn lippen over de mijne glijden en laat me los.

"Je smaakt goed."

"Jij ook," fluister ik.

Hij knijpt in een van mijn tepels. "Ga je me nu vertellen welke eikel ik moet ontslaan?"

Ik laat met een zucht een lach horen. "Arnie. Hij is zo vies. En ik ben niet de enige bij wie hij dingen probeert. Hij heeft Lilah ook lastiggevallen."

"Het andere keukenhulpje?"

"Ja, ze is geweldig. Je zou haar opslag moeten geven."

Gio's mond verandert in een glimlach. "Genoteerd." Hij veegt een lok van mijn haar uit mijn ogen. "Wil jij de positie van chef-kok?"

"Ik? Ben je gek? Nee!"

"Waarom niet?"

"Ik ben niet ervaren genoeg. Ik bedoel, ik ben nog maar een jaar een keukenhulpje."

Gio houdt zijn hoofd schuin naar mij. "Heb je geen diploma van een of ander culinair opleidingsinstituut?"

"Nou, ja, maar -"

"Maar wat? Wil je geen menu's plannen en je eigen ding doen, zoals je hier voor mij deed?"

Ik haal mijn vingers weer door zijn borsthaar. "Ik ben daar nog niet klaar voor."

"Dan neem jij Arnie's positie in. Als sous-chef."

"Dat kan ik niet. Echt, Gio. Doe dat niet."

Hij vernauwt zijn ogen. "Waarom niet?"

"Omdat als mensen erachter komen dat wij -" Ik stop, omdat ik niet weet wat we zijn. "Ze zullen zeggen dat ik mij een weg naar die baan heb geneukt. Vooral als je Arnie ontslaat en mij meteen die positie geeft. Niemand zal me respecteren. Ik wil mijn weg omhoog werken. Het verdienen."

Gio fronst. "We zullen dit gesprek voor een later tijdstip bewaren."

Ik slaak een zucht van verlichting. Daar kan ik mee leven. "Oké. Dank je, Gio." Ik kruip nog dichter tegen hem aan, tot we huid tegen huid liggen, en druk mijn gezicht tegen zijn borst. Hij ruikt schoon en heerlijk. Hij slaat een arm om me heen en trekt me stevig tegen zich aan. Onze benen verstrengelen onder de dekens.

"Er was nog een reden waarom ik Michelangelo's kocht," zegt Gio.

Ik ben stil. Shit. Had ik dan toch gelijk?

Eerst vertelt hij niet verder en ik sta op het punt om hem aan te sporen wanneer hij zegt: "Toen ik een kind was - lang geleden, voordat ik helemaal begreep dat ik van mijn vader nooit in het openbaar piano mocht spelen - had ik dit idee."

Ik til mijn hoofd op van zijn borst. "Wat was het?"

Hij schraapt zijn keel. "Ik... wel, droomde van een eigen pianobar. Ergens waar ik de gastheer kon zijn en met mensen kon kletsen en misschien langs kon komen om piano te spelen wanneer ik daar zin in had." Zijn blik is voorzichtig, alsof hij denkt dat ik op het punt sta om hem belachelijk te maken.

Het is een gek moment. Gio Tacone - een gevaarlijke, machtige, mooie man - toont me dit stukje kwetsbaarheid.

"Je vader was een eikel."

"Kijk uit," gromt hij, maar het lijkt bijna automatisch. Zijn blik bevat nog steeds zeeën van kwetsbaarheid.

"Dat was hij." Ik ben opeens ontzettend pissig op Gio. Wat voor klootzak van een vader verplettert de droom van zijn zoon om piano te spelen omdat hij denkt dat het niet mannelijk genoeg is? Wat een eikel. "Je zou een perfecte restaurant-/pianobar gastheer zijn."

"Ik weet niet of een piano echt zou passen bij Michelangelo's. Ik denk dat lekker eten in stilte verloopt? Ik bedoel, in termen van muziek?"

Ik haal mijn schouders op. "Nou en? Het kan stil zijn tijdens het diner en als de keuken om tien uur dichtgaat, kan het de laatste uren een lounge worden. Ik wed dat deze plek dan vol zit."

"Denk je?"

"Het is perfect, Gio. Echt waar." Ik weet niet waarom

ik zo enthousiast ben om Michelangelo's te veranderen in de Tacone ontmoetingsplaats die me eerder zo kwaad maakte. Ik denk dat ik herken wat het is om een droom te hebben. Een visie van waaruit jij in het leven denkt te passen. En hij heeft de financiën en de mogelijkheid om zijn droom waar te maken, in tegenstelling tot de meesten van ons. In feite heeft hij de mogelijkheid om mijn dromen ook uit te laten komen, niet dat ik hem dat laat doen.

Ik ben de man al te veel schuldig. Hij zegt al dat hij mij bezit.

Ik wil niet dat hij ook mijn dromen bezit.

Dan zou er niets van mij overblijven om te houden.

HOOFDSTUK ZEVEN

Gio

Ik stap Caffè Milano binnen. *Ik ben op zoek naar Ivan, de bratva klootzak die ik hier zou ontmoeten. Ik vind hem zittend aan een tafel tegenover Marissa. Tenminste, ik denk dat het Marissa is. Ze zit met haar rug naar me toe. Ivan kijkt naar me wanneer ik dichterbij kom, met een zelfvoldane glimlach op zijn gezicht. Ik loop naar hem toe en Marissa kijkt op. Er zit tape over haar mond en ik zie dat haar polsen en enkels zijn vastgebonden. Ze probeert te schreeuwen vanachter de tape. Haar wijde en bange ogen zijn aan de mijne gekluisterd.*

Aan de mijne gekluisterd terwijl Ivan lacht en haar recht in het hart schiet.

"Nee!" schreeuw ik en grijp naar mijn pistool, maar het is er niet. Het is er niet en iemand trekt aan mijn arm.

Ik probeer hem los te rukken.

"Gio."

Ik knipper met mijn ogen. Marissa's brede blauwe blik

is nog steeds op mijn gezicht gericht. "Gio." Ze trekt aan mijn arm.

"Marissa." Godzijdank. Er is geen tape over haar mond geplakt. Ze bloedt niet. Ze ligt in mijn bed.

Het was maar een droom. Gewoon een verdomde droom.

Ze strijkt met haar vingertoppen over de spieren van mijn arm. "Weer een nachtmerrie?"

"Cazzo." Ik wrijf over de stoppels op mijn gezicht. "Het spijt me. Heb ik je wakker gemaakt?"

"Kwam ik erin voor?"

Ik geef een humorloze lach. "Iedere fucking keer."

"Wat is er gebeurd? Laat maar." Ze schudt haar hoofd. "Ik weet niet waarom ik het vroeg. Ik weet zeker dat ik het niet wil weten."

"Dat wil je inderdaad niet weten. Verdomde Russen." Ik gooi de lakens van me af en loop naar de badkamer. Wanneer ik terugkom, ligt Marissa nog in mijn bed.

Ik stop om haar in me op te nemen.

Ze is zo fucking mooi. Haar karamelkleurige haar licht uitgespreid over het kussen, het blauw van haar ogen steekt fel af tegen de achtergrond van mijn houtskoolgrijze laken dat ze tot aan haar oksels heeft opgetrokken. Ze is zo jong en fris en vol leven. Zoveel om voor te leven. En dat kan allemaal in een oogwenk van haar afgenomen worden.

Ik kruip weer in het bed en trek het laken tot haar middel omlaag om die kleine parmantige borsten in het licht van de dag te zien.

Ze hijgt en probeert ernaar te grijpen, maar ik schud mijn hoofd en ze verstijft onmiddellijk, haar mooie ogen oplettend en alert.

Huh. Ze is nu onderdanig aan mij.

Geen onderdanigheid van nature, dat niet.

Ik draai haar middel over het laken en neem één van

haar borsten in mijn hand. Al haar aandacht is nog steeds op mijn gezicht gericht. Ik zie haar hartslag in haar nek. "Ze zijn klein," mompelt ze, als een verontschuldiging.

Ik laat haar borst los en sla tegen de zijkant ervan.

Ze gilt en bedekt ze allebei met haar handen.

"Ze zijn fucking perfect." Ik grijp haar polsen en houdt ze naast haar hoofd vast. "Als je nog eens kritiek hebt op dit lichaam, maak ik je kont rood."

Ze laat een verbaasde lach horen. "Het is mijn lichaam."

Ik trek een wenkbrauw op. "Is dat zo, schatje? Ik denk het niet. Ik geloof dat ik je nu bezit." Ik omklem haar beide borsten en knijp erin, dan streel ik met mijn duimen over de stijve topjes.

Mijn pik wordt langer tussen ons.

Ze likt over haar lippen.

Ik schuif het laken tussen ons naar beneden en ga met mijn vinger over haar gleufje om te kijken of het nat is.

Druipend.

Dit schatje is graag iemand bezit.

En ik hou er echt van om haar te bezitten.

Ik schuif opzij om het bovenlaken weg te duwen en laat mijn handen achter haar knieën glijden om ze omhoog te duwen naar haar schouders.

"Zo is het goed schatje. Spreid dat poesje voor me en laat me zien hoe nat je wordt wanneer ik vies praat."

Ze jammert. Ik kan niet genoeg krijgen van die ogen die op mijn gezicht zijn gericht! Het geeft me het gevoel dat ik zo groot ben als de verdomde Willis Tower.

"Dat is het poesje dat ik bezit, is het niet, schatje?"

Ze zuigt haar onderlip in haar mond, haar adem wordt sneller.

"Wat moet ik eerst met dat poesje doen? Eraan likken?"

Ze slikt en knikt snel.

Ik geef haar wat een verwilderde glimlach moet zijn. Ik voel me echt zoals een roofdier. Ik laat mijn hoofd zakken en neem één lange lik met mijn platte tong. Dan trek ik een spoor rond haar binnenste schaamlippen.

"Maak je al die honing voor mij, engel?"

Gejammer.

"Betekent dit dat je mijn grote pik weer in je wilt, lief meisje?"

"Ja," zegt ze snel. Sneller dan ik had verwacht. Het is zo verdomd schattig.

Zo verdomd heet.

Mijn ballen beginnen pijn te doen. Ik knijp in haar schaamlippen en ze hijgt. Ik laat haar benen op mijn schouders rusten, reik omhoog en pak beide tepels vast, terwijl ik met mijn tong haar clitoris streel.

"Oh mijn God!" roept ze.

"Vind je dat lekker, schatje?"

"Meer," jammert ze.

"Oh, ik zal je meer geven. Ik zal je zoveel geven dat je om genade zult smeken."

Ze kreunt omdat ik behoorlijk hard in haar tepels knijp. Ik versnel de actie op haar clitje, dan zet ik mijn mond erover en zuig eraan. Ik bevrijd haar van beide sensaties in één keer en ze schreeuwt het uit.

"Ik heb een condoom nodig," zeg ik haar. "Jij zet jezelf intussen in de positie waarin je geneukt wilt worden. En zorg ervoor dat het een goede positie is."

Alsof er iets is dat niet goed zou zijn met dit meisje.

Ik loop naar het nachtkastje en doe alsof ik niet kijk wanneer ze op het bed heen en weer verschuift en een positie kiest. Ik verspil wat tijd tot ze stil wordt en neem haar dan in me op.

Fuuuuuuck.

Die kleine meid zit op haar knieën en onderarmen, met haar kont in de lucht.

"Oh, schatje, dat was zo'n goede keuze. Daar moet ik je voor belonen."

Ik neem achter haar plaats en masseer haar druipende poesje nog eens royaal met mijn tong.

"Ik moet zeggen... deze kont smeekt om een pak slaag." Ik laat mijn handen rond de bollen van haar kont glijden in totale en complete waardering. "Slechts één litteken van gisteravond. Dat was van de riem, denk ik." Ik ga erover met mijn duim. "Doet het pijn?"

"Nee."

"Mooi zo. Ik ga je deze ochtend geen pijn doen. Ik ga je alleen een beetje prikkelen. Je houdt ervan om het zo ruw te doen als ik het graag doe, is het niet, engel?"

Ze antwoordt niet.

Ik geef haar een klap op haar kont. "Geef antwoord, Marissa."

"Ik weet het niet... Ik denk het."

"Heb je iets nieuws geleerd van mij?" Ik wrijf over de plaats waar ik geslagen heb.

"Ja. Absoluut."

Ik grinnik, genietend van haar bekentenis. "Mooie meid." Ik sla op dezelfde plek, wrijf nog een keer. Ik blijf doorgaan, klappen uitdelen, dan masseren tot haar huid roze wordt en ze kreunt en zwaait met haar heupen voor meer.

Pas dan rol ik mijn condoom om. "Klaar voor meer, engel?"

"Ja, graag," kreunt ze.

Ze is zo lief geworden. Ik ben niet gek genoeg om te denken dat dit zal blijven duren, maar ik geniet er op dit moment zeker van.

Ik duw zachtjes tegen haar ingang en ga dan langzaam

naar binnen. Haar kreun is zwoel. Verwelkomend. "Zo'n mooie kont, schatje. Ik hou ervan om je van achteren te neuken."

"Mmm."

Ik pak haar middel vast en trek haar heupen naar achteren om me te ontmoeten bij mijn stoten. Door de hoek kan ik diep in haar komen en het voelt zo goed aan. Nog steeds zo strak als een handschoen. Zo heet en nat. Ik sluit mijn ogen en geniet van de rijkdom van de sensaties.

Eindelijk, een reden om te leven.

Wanneer haar kreten van toon veranderen - ze worden luider en wanhopiger - reik ik om haar heen en wrijf over haar clitje.

Ze schreeuwt. "Gio! Oh mijn God! Alsjeblieft!"

Wie kan haar iets weigeren? Ik neuk haar harder, het bed botst tegen de muur met de kracht van mijn stoten.

Wanneer ik bijna klaarkom, reik ik opnieuw rond haar voor een andere wrijving. Ik schreeuw. Zij schreeuwt. We vallen samen over de rand, haar poesje knijpt op de meest glorieuze manier in mijn pik. Ik val boven op haar en sleep haar op haar zij, nog steeds diep in haar.

Ik adem in haar nek. Bijt erin. Hou haar borst vast terwijl ik nog een paar keer stoot.

"Oh mijn God," hijgt ze weer.

Ik sleep kusjes langs haar schouder, langs haar arm. "Al die tijd heb ik me afgevraagd waarom mijn leven gered was," mompel ik, zonder mezelf in te houden. Het is best gek hoeveel ik me laat gaan bij dit meisje. "En ik denk dat ik het nu weet." Ik knijp in haar arm.

Haar lach is laag en komt vanuit haar keel. "Oh ja? Voor seks?

"Seks met jou, liefje."

Ik trek me terug voordat het condoom losschiet en ik gooi hem weg.

Ik pak mijn telefoon en sms Michael, die nu eigenlijk mijn slaafje is. Ontsla de sous-chef Arnie, met onmiddellijke ingang. Hij is gemeen tegen de meisjes die in de keuken werken. En geef ze allebei een loonsverhoging van drie dollar per uur, te beginnen bij hun laatste loonstrookje, om het goed te maken.

Ik draai mijn telefoon om en laat het Marissa zien wanneer ik klaar ben.

Ze zit rechtop in bed, met warrig haar en een blozend gezicht. Ze is het liefste ding dat ik ooit in mijn bed heb gehad.

Ik probeer te bedenken hoe ik haar hier kan houden. Of eigenlijk of dat het juiste is om te doen.

Ik zit de hele tijd met dat goed en fout gedoe. Waarom moest ik een geweten krijgen na mijn bijna-doodervaring?

~

Marissa

IK PAK GIO'S TELEFOON OM ER ZEKER VAN TE ZIJN DAT IK DE TEKST GOED LEES. Een glimlach vormt zich op mijn lippen wanneer ik het nog eens lees. "Je hebt mij ook opslag gegeven?" Ik weet dat ik hem mijn opwinding laat horen. Het is stom. Drie dollar per uur is niets voor Gio Tacone en ik wilde hem niet nog meer macht over mij geven. Maar wat de hel - hij heeft al besloten dat hij mij bezit. Ik kan hem net zo goed laten betalen, toch?

Het komt even bij me op om meer te vragen.

Zeker als je bedenkt hoe liefdevol hij tegen me doet.

Maar misschien is hij wel zo met iedere vrouw die hij mee naar huis neemt.

Een steek van jaloezie gaat door me heen met onverwachte wreedheid.

"Wat?"

Verdomme, hij is opmerkzaam.

Ik trek het laken omhoog om mijn borsten te bedekken. Ik moet hier weg zien te komen. Ik ben zo uit evenwicht door deze man en dit kan maar op één manier eindigen - met mij verpletterd onder zijn laars.

"Ben je nu klaar met me?"

Zijn wenkbrauwen vallen omlaag. "Wat is er verdomme gebeurd?"

Ik sta op en begin van het bed af te kruipen, maar hij grijpt me bij mijn middel en trekt me terug. "Wacht eens even. Wat heb ik verdomme gedaan, Marissa? Ben je boos over het geld?"

Ik kan hem niet in de ogen kijken. Ik wil hier gewoon weg. Ik wend mijn blik van hem af. "Nee, ik wilde -"

Hij pakt mijn kaak en houdt die stevig vast, terwijl hij mijn gezicht naar het zijne draait. "Wat heb ik gedaan?"

Ik wil iets gemeens in zijn gezicht gooien over het feit dat hij me bezit en me als een hoer behandelt, maar ik weet in mijn hart dat het een leugen is, dus laat ik het echte probleem schieten.

"Je bent een playboy, Gio. Ik kan dit niet doen." Ik verslik me in de emotie die opkomt. Wat is dit in godsnaam? Gisteren gaf ik hem nog de hel en trapte in zijn ballen. Nu ben ik bang dat ik niet zijn enige ben? Het is te gek voor woorden.

"Wat?" Hij is net zo geschokt als ik. "Nee, nee, nee, nee, nee. Je bent gek, Marissa. Jij bent de eerste vrouw met wie ik naar bed ben geweest sinds ik neergeschoten ben. En dat was maanden geleden." Hij laat mijn kaak los, zijn aanraking wordt zacht terwijl hij mijn kin omhooghoudt. "Jij bent het meisje in mijn dromen, engel. Ik wou alleen dat het leuke dromen waren."

Hij laat zijn voorhoofd tegen het mijne zakken, zijn lippen zweven over mijn mond.

Ik neem het initiatief en kus hem. Op het moment dat ik dat doe, komt hij in actie, duwt me op mijn rug op het bed en bedekt mijn lichaam met het zijne. Zijn kus is diep, meedogenloos. Zijn tong dringt mijn mond binnen, hij zuigt op mijn onderlip. Hij verslindt me.

Het is de beste kus van mijn leven.

Een echte kus.

Beter dan in eender welke film.

Beter dan seks, zelfs.

Nou ja, misschien niet beter dan seks met Gio. Dat is gewoon niet te weerstaan.

Wanneer hij de kus verbreekt, staart hij op me neer. "Wat wil je van me, engel? Ik zal het je geven. Het is alleen fucking moeilijk als je het nooit wilt aannemen."

En dan huil ik.

Hete tranen die uit mijn ooghoeken lopen, langs mijn slapen. "Het spijt me." Ik sla mijn armen om hem heen en trek hem dicht tegen me aan, in een horizontale omhelzing van mijn hele lichaam. Hij is zwaar, maar het gewicht kalmeert me. "Dit is allemaal eng en nieuw voor mij."

"Wat is eng?" Hij klinkt veeleisend en ik denk dat hij het beseft, want hij herhaalt de woorden, zachter: "Wat is eng, engel?"

"Alles. Jij. Wie je bent. Waar je voor staat. De macht, het geld. De seks."

"Whoa, whoa, whoa. Je bent me kwijtgeraakt, schatje." Hij probeert me weg te duwen om mijn gezicht te zien, maar ik hou zijn nek met een wurggreep vast. Ik kan het oogcontact nu echt niet aan. "Waar heb je het over?"

Ik wil niet zeggen, "je bent de maffia" omdat ik denk

dat het iets is wat je niet tegen deze kerels zegt, dus zeg ik, "je bent een Tacone."

Zijn gewicht zakt tegen me aan, alsof ik hem net heb neergeschoten. "Schatje, ik weet niet eens meer wie ik ben." Zijn stem is zwaar. Hij klinkt oud. "Sinds ik neergeschoten ben, weet ik niet meer wat de zin van dit leven is. Ik meende het toen ik zei dat jij me een nieuwe betekenis gaf. Dus als je enig idee hebt over wie ik verdomme ben, kun je het dan alsjeblieft... vergeten? Kunnen we gewoon vanaf vandaag opnieuw beginnen? Deze minuut. Gewoon twee mensen die houden van de manier waarop hun lichamen bij elkaar passen? Die houden van de manier waarop ze zich voelen wanneer ze bij de ander zijn?"

Ik kom weer op adem. Wow. Is dat wat hij voor mij voelt?

Hij duwt me wat van zich af en deze keer laat ik hem met tegenzin naar me kijken. "Geef ik je een goed gevoel, engel?"

Tintelingen gieren over mijn huid. Hij formuleert het alsof het over seks gaat, maar ik zie in zijn blik dat hij naar zoveel meer vraagt. Doet hij dat?

Hij maakt me bang. Ik ben bang om iets met hem te beginnen. Maar ja. Hij geeft me zeker een goed gevoel. Niet alleen mijn lichaam.

Mij.

Ik weet nog hoe sterk ik me voelde toen ik met hem het ziekenhuis binnenging. Hoe sexy en zelfverzekerd ik me voelde toen ik voor hem kookte.

Hoe verdomd speciaal ik me voel iedere keer als hij iets deelt over zijn echte moeilijkheden. Over wie hij echt is.

"Ja, Gio," fluister ik. "Ik hou van het gevoel dat je me geeft."

Zijn mondhoeken gaan omhoog. "Goed. Nu, wat kan

ik voor je doen deze ochtend? Je meenemen voor een ontbijt? Hoe laat moet je op je werk zijn?"

"Pas om twee uur. En ik maak ontbijt voor jou." Ik hebt opeens veel energie, opgewonden om de versie van mij te zijn die hij zo aantrekkelijk vindt. "Ooit een vrouw gehad die naakt voor je kookt?" vraag ik, terwijl ik naar de deur loop. "Laat maar, ik wil het antwoord niet weten," roep ik terwijl ik naar de keuken slenter.

"Nee," roept hij me na. "Nooit, schatje. Jij bent de enige vrouw die ik ooit in mijn keuken heb toegelaten!"

Ik ben absurd blij met dat antwoord. Als je Italiaans wordt opgevoed- of in ieder geval in mijn familie opgroeit - leer je dat koken liefde is. Mijn nonna is nog steeds een hele dag bezig met het bereiden van een maaltijd voor het familiediner. Met Kerstmis besteedt ze twee dagen aan het maken van koekjes samen met Mia.

Je proeft de liefde in het eten. Dat is de reden waarom Milano's altijd klanten heeft.

Het is de reden dat ik kok wilde worden, ik wilde het naar een hoger niveau tillen.

Ik ga naar de keuken en bind de schort die ik in zijn lade heb laten liggen om mijn middel en kijk in de koelkast om te zien wat hij op heeft gegeten van de maaltijden die ik voor hem heb achtergelaten.

Gio komt aan de ontbijtbar zitten in een T-shirt dat uitrekt om rond zijn borstkas te passen en een loopshort. Hij wrijft over zijn kaak en gromt wanneer hij mijn outfit ziet. "Schatje, als je zo voor me kookt, ben jij het enige dat opgegeten gaat worden."

Ik glimlach zelfvoldaan en negeer hem, terwijl ik verder ga met mijn werk.

Ik ben blij wanneer ik zie dat hij bijna alles heeft opgegeten wat ik heb achtergelaten. Ik snij een beetje van de biefstuk die vanavond op tafel moet komen en hak wat tomaten, uien, knoflook en basilicum fijn. Dan haal ik eieren, boter en melk tevoorschijn en maak twee grote omeletten.

"Ik voel me wat schuldig omdat je in mijn keuken staat voordat je de hele avond moet gaan koken," zegt Gio wanneer ik een bord voor zijn neus zet. Hij pakt het op. "Breng die van jou ook maar naar de tafel. En jij zit op mijn schoot. Denk je dat ik dit eten mag aanraken voordat ik jou aanraak?"

Ik denk dat ik bloos. Ik wil mijn weerstand tegen zijn charme behouden, maar hij blijft aan mijn verdediging knagen. Ik draag mijn bord naar de tafel en staar naar het uitzicht. Ik zag het 's nachts al, maar overdag is het nog indrukwekkender. De zon schijnt door de ramen naar binnen en schittert op de golven van Lake Michigan onder ons.

"Dit is ongelooflijk."

Hij trekt me op zijn schoot, zoals beloofd. Zijn lippen vinden onmiddellijk mijn borst en hij zuigt aan mijn tepel tot ik kronkel op zijn schoot, de bijbehorende spanning tussen mijn benen wordt sterker.

"Mooi meisje. Ik ben uitgehongerd maar jij bent het enige wat ik wil eten."

"Beledig me niet - ik heb dit eten voor jou gemaakt. Mangia, mangia, zoals mijn nonna zou zeggen."

"Mmm, oké," zegt hij met tegenzin en hij helpt me om recht te staan. "Eerst eten." Hij geeft me een klap op mijn blote kont wanneer ik me omdraai om tegenover hem plaats te nemen.

We zwijgen terwijl we eten. Ik verdeel mijn blik tussen het uitzicht en zijn knappe gezicht wanneer hij het eten in zijn mond schept, zijn hoofd schudt en waarderende geluiden maakt.

"Je was altijd al mijn favoriete Tacone broer," geef ik toe, terwijl ik mijn lippen afveeg met een servet.

Hij bestudeert me geamuseerd. "Ik wist niet dat je genoeg aan ons dacht om zelfs maar een favoriet te hebben."

"Oh ik heb vaak aan je gedacht," geef ik toe. "Je was altijd aardig. Jij en Stefano. De rest van je broers maakten me bang."

"Ja. Wij zijn de gezichten," zegt hij. Wanneer hij ziet dat ik het niet begrijp, gaat hij verder: "Degenen die de praatjes maken, als het moet."

Het doet me weer denken aan wat hij is. Wie hij is. Een misdaadleider. Een moordenaar. Een lid van een van de gevaarlijkste en machtigste maffiafamilies van het land. Mijn maag verkrampt.

Wat doe ik hier in godsnaam? Dit is geen spel en ik zit er tot over mijn hoofd in.

Ik pak onze borden, maar Gio neemt ze uit mijn handen. "Ik ruim wel op, popje. Bedankt voor het ontbijt."

"Ik ga een douche nemen en ga. Ik moet naar huis om andere kleren aan te trekken voor het werk."

"Ik zal je brengen," zegt Gio vastberaden.

"Nee, ik ben oké. Het is klaarlichte dag. Echt waar."

Gio stopt bij de ingang van de keuken en fronst zijn wenkbrauwen. Hij kijkt me aan alsof hij iets wil zeggen, schudt dan gewoon zijn hoofd en loopt verder naar de keuken.

Ik beschouw het als een uitstel en vlucht naar zijn luxe badkamer. Ik moet weg uit deze gekke fantasiewereld en terug naar wie ik ben. Het Milano-meisje. Kleindochter van Luigi Milano, die beter had moeten weten dan zichzelf te mengen in Tacone zaken.

HOOFDSTUK ACHT

Gio

Ik had haar niet moeten laten lopen.

Of misschien was het wel het juiste ding om te doen. Ik weet het verdomme niet.

Ik heb het gevoel dat ik naar een psychiater moet, zoals Tony Soprano of zo.

Waarom wordt het met Marissa Milano steeds onduidelijker? Dat is niet waar. Het wordt kristalhelder en dan valt alles uit elkaar.

Er waren momenten toen ze bij mij thuis was, dat ik me een nieuwe man voelde. Toen ik de ik vond die begraven was onder de mal van de familieman. De persoon die ik echt ben. De man die ik had moeten zijn.

Er waren glimpen van een doel en hoop. Van kansen die ik nooit voor mogelijk had gehouden. Meer een gevoel of energie dan een concrete visie op de toekomst.

Maar de weerklank ervan was ongelooflijk.

Het houdt me nog steeds staande, ook al komt de duisternis iedere dag meer en meer terug.

Ze had ruimte nodig. Ik zag het aan de manier waarop ze wegliep, ze weigerde me om haar naar huis te brengen. Weigerde om nog gunsten van mij te accepteren.

Dus bleef ik de laatste week weg. Ik ben niet in Michelangelo's of Milano's geweest wanneer ze aan het werk was. Ik heb niet ge-sms't of gebeld.

Maar vanavond komt ze voor me koken en ik verheug me er verdomme echt op.

Toch komt er een punt dat je moet stoppen met jagen. Ik heb al eerder gezegd, ik ben niet het type man dat vrouwen moet betalen. Ik hoef niemand te overtuigen of te dwingen. Dus als dit meisje me niet wil, ga ik er niet op aandringen.

Dat is wat ik besloten heb.

Het wordt versterkt wanneer de portier belt om te zeggen dat ze beneden is. Ze heeft me niet gebeld voor een lift.

Als ze komt opdagen in een rok en hakken, gretig om te behagen, dan weet ik waar ik aan toe ben.

Ik sta op om de deur van het slot te halen en te openen, maar dan ga ik terug naar mijn computer die op de eetkamertafel staat.

Ze tikt op de deur en duwt hem open.

Spijkerbroek en een fucking T-shirt.

Oké. Dat is een duidelijke boodschap.

Dus ik laat haar verdomme met rust.

Ik begroet haar gewoon van waar ik zit. Alsof zij het keukenhulpje is. En ik de baas ben.

Wat eigenlijk ook zo is en hoe het ook zou moeten blijven.

Zij maakt het eten klaar terwijl ik Michelangelo's financiën doorneem. Maar ik weet verdomme niet waar ik naar op zoek ben. Ik heb een makelaar gebruikt om de zaak te kopen. Hij stelde de waarde vast en ik verdubbelde het om mijn bod onweerstaanbaar te maken.

Maar ik weet niets over het runnen van een restaurant, behalve hoe ik er moet gaan eten. Ik stuur de info door naar Nico met het bericht:

Ik heb je advies opgevolgd, broer. Ik ben nu de trotse eigenaar van Michelangelo's. Zou je even naar de financiën willen kijken en me kunnen laten weten wat je ervan vindt?

Marissa komt binnen met een bord vol heerlijk eten. Varkenskarbonade met een soort bessensaus en gestoomde asperges die precies de juiste malsheid en een boterzachte smaak hebben.

Ik weersta de drang om haar bij me te laten zitten. Weersta de drang om haar aan te raken.

Maar wanneer ze mijn bord komt afruimen, stopt ze en slikt. "Ben je boos op me?"

Oh, liefje. Nu kan ik mezelf niet meer tegenhouden. Mijn hand gaat naar haar middel, glijdt naar de achterkant van haar jeans waar ik in haar kont knijp. "Probeer je me boos te maken?"

Ze hapt naar adem, haar pupillen verwijden. "Nee. Ik bedoel, dat wilde ik niet, maar..."

"Moet ik die kont weer rood maken?" Ik knijp er nog een keer in, omdat het zo goed voelt. Zo. Verdomd. Goed.

Ze leunt tegen me aan.

Fuck.

Tot dit moment heb ik mijn handen van haar af kunnen houden.

Ik trek haar op mijn schoot en duw één hand stevig tussen haar benen. Met de andere grijp ik haar haren vast en trek haar hoofd naar achteren. "Schatje, dit is hoe het zit. Ik ben het zat om je te zien wegrennen alsof je denkt dat ik ga bijten. Dus als je mijn handen op je wilt, moet je dat duidelijk aangeven. Geef me een fucking ja, alsjeblieft. Anders laat ik je vertrekken. Zeg het me nu."

Cristo. Soms shockeer ik zelfs mezelf met wat er uit mijn mond komt bij dit meisje. En de waarheden die ze uit mij haalt zijn nog verrassender.

Ik heb haar zeker verrast. Haar blauwe ogen staan wijd open, met grote pupillen. Ze kronkelt tegen mijn vingers, hijgt door de spanning.

"Ja, alsjeblieft," fluistert ze.

Mijn grinnik is donker en bezitterig.

Mijn verlangen is zwart als de nacht.

De dingen die ik met dit meisje wil doen.

De dingen die ik ga doen.

Ik spreidt haar knieën wijd open, gooi haar benen over de buitenkant van de mijne en sla met drie rake klappen op haar poesje . Dan wrijf ik met de naad van haar jeans over haar clitje.

Ze kronkelt en kreunt.

"Ga je mijn brave meisje zijn?" Mijn stem klinkt smerig. Gevaarlijk nors.

"N-nee."

Ik sla nog eens op haar poesje.

"Ja!" gilt ze. "Ja?"

Ik bijt in haar oor. "Ben je er niet zeker van?"

"W-wat wil je?"

Ik lach. "Dat is juist, engel. Het gaat erom wat ik wil, nietwaar? Want je weet dat ik het goed ga doen, eender wat ik doe. Nietwaar, schatje?"

Ze pakt haar eigen borsten vast. Mijn vieze praatjes hebben haar over de rand geduwd, in volledige seksuele opwinding. Ik heb het gevoel dat dit onbekend terrein voor haar is en ik hou er verdomme van hoe dapper ze is.

"Laten we dit om te beginnen eens uittrekken." Ik trek haar T-shirt over haar hoofd.

Ze reikt om haar jeans los te knopen.

Ik pak haar handen vast. "Uh uh. Zei ik dat je je broek uit moest doen?"

Ze stopt, verward.

"Misschien wil ik dat je die aanhoudt." Ik kan op dit moment geen goede reden bedenken waarom ze die aan zou moeten houden, maar ik heb zin om alles te bepalen. Ik ben er zo klaar mee om met dit meisje te sollen. Als ze mijn aanraking wil, kan ze zich maar beter overgeven.

"Beha uit," beveel ik.

Ze haakt hem los en schuift hem van haar armen. Ik omklem haar beide borsten en knijp in haar tepels.

"Wat heb ik je gezegd over deze borsten?"

"Eh... ik weet het niet."

Ik sla op haar poesje en rol dan de tepels weer tussen mijn wijsvingers en duim. "Ik zei dat ze perfect zijn. Nu ga jij dat zeggen."

"Oh, Jesus, Gio."

"Zeg het, schatje. Je hebt al een straf die op je wacht."

"Voor wat?"

"Je weet waarvoor."

Ze slikt terwijl ik de naad van haar jeans weer tegen haar clitje wrijf. "Ze zijn perfect," mompelt ze.

"Luider. Zeg: mijn borsten zijn perfect. Luid en trots, schatje."

"Oh mijn God, Gio. Je bent gek."

Ik neem beide tepels vast. Bijt in haar schouder. "Zeg het".

"Mijn borsten zijn fucking perfect!" gilt ze.

Ik laat haar tepels los en ze kreunt.

Ik duw haar overeind. "Buig over de tafel, schatje."

Ze werpt me een nerveuze blik over haar schouder toe, maar draait zich terug naar de tafel en glijdt met haar vingertoppen over het oppervlak tot haar blote borsten plat op glas liggen.

"Nou dat is een mooi gezicht." Ik sta op en maak mijn riem los. Ze werpt nog een nerveuze blik over haar schouder.

"Je mag je spijkerbroek aanhouden voor je pak slaag, mooie meid. Ik zou geen sporen willen achterlaten."

Ze drukt haar tanden in haar onderlip en draait zich om naar de tafel. Ik zie haar weerspiegeling in het glas. Ze is opgewonden.

"Spreid je benen." Ik duw haar voeten wijder uiteen.

Ik wikkel de gesp van mijn riem rond mijn vuist en probeer hem uit op mijn been. Ik speel maar wat - ik wil Marissa zeker geen pijn doen.

Ik temper de slagen, laat de riem zwaaien, voorzichtig zodat het uiteinde niet rond haar heupen gaat.

Ze snakt naar adem.

Ik wrijf over haar kont, wrijf tussen haar benen, knijp. "Ben je oké, schatje?"

"Ja, alsjeblieft."

Ik lach. "Alsjeblieft, huh? Dat betekent dat je meer wilt?"

"Eh, ja? Ik denk het wel."

"Duw je kont naar achteren en laat me zien dat je een braaf meisje bent voor je pak slaag."

Dat doet ze en ik geef haar vijf snelle klappen. Ik ga niet te ver, maar geef haar net genoeg om haar een prikkelend gevoel te geven, zelfs door haar spijkerbroek heen.

Wanneer ik stop en wrijf, bromt ze van waardering.

Ik reik naar voren en maak de knoop van haar spijkerbroek los, dan schuif ik die, samen met haar slipje, langs haar benen naar beneden. Ze doet haar gympen uit zodat ik haar broek en slipje van haar voeten kan halen. Dan schuif ik mijn stoel achter haar, duw haar kont open en lik haar van achteren.

Haar poesje knijpt en haar kont klemt zich samen bij het contact van mijn tong met haar gevoelige lipjes. Ze rilt en beeft wanneer ik haar lik van clitoris tot anus en weer terug.

"Was dit waar je op hoopte toen je zei: ja, alsjeblieft?"

"Eh, ja," jammert ze.

"Hou je van de manier waarop ik je lichaam bezit, popje?"

"Ja."

"Ook al heb je me daarvoor een knietje in mijn ballen gegeven?"

"Het spijt me," hijgt ze. "Dat spijt me."

"Zeg het me, engel." Ik sta op om haar met een vinger te penetreren. "Waar ben je zo bang voor?" Ik pomp mijn vinger in haar. "Het gevoel dat ik je geef? Of denk je dat ik iets met je ga doen dat je niet leuk zult vinden?"

"Ik weet het niet," hijgt ze.

Ik pomp sneller, stop dan om een tweede vinger toe te voegen en pomp opnieuw. "Nee, schatje. Ik accepteer dat antwoord niet." Ik blijf in haar pompen.

Haar adem stokt, haar dijen trillen. Ze komt bijna klaar alleen al door mijn vingers.

"Vertel me de fucking waarheid, Marissa." Ik duw mijn duim over de bobbel van haar kontgaatje en wrijf.

Haar bekken schokt. Ze antwoordt niet.

Ik trek mijn vingers terug en sla met een harde klap op haar blote kont.

"A-aah!"

"Wil je dat ik je laat klaarkomen, engel?"

Ze jammert.

Ik sla haar nog een keer. "Antwoord me met woorden."

"Ja, alsjeblieft."

"Beantwoord dan mijn vraag."

"Het is niet... Ik ben bang omdat..."

Ik sla haar nog een keer wanneer ze haar zin nog niet heeft afgemaakt.

"Omdat je een Tacone bent."

Ik wikkel mijn vingers in haar haren en trek haar hoofd omhoog, en laat het mijne zakken. "Dus wat?"

"Dus... je bent gevaarlijk."

Ik negeer de schroevendraaier die zojuist door mijn ribben is geramd. Ik veeg haar haren uit haar gezicht zodat ze in mijn ogen kan kijken wanneer ik vraag: "Gevaarlijk voor jou?"

Ze knippert met haar ogen.

"Geef antwoord," mompel ik. "Ben ik gevaarlijk voor jou, Marissa?"

Na een moment probeert ze met haar hoofd te schudden, wat natuurlijk niet lukt omdat ik haar haren vasthoud. "Nee," fluistert ze.

Ik laat haar haren los. "Nee." Ik doe een stap achteruit en geef haar nog een klap op haar kont. "Ik zal voor je zorgen, Marissa. Dat heb ik je gezegd."

Ik haal een condoom tevoorschijn en bevrijd mijn erectie.

"Door de nachtmerries?" mompelt ze.

Mijn adem stokt wanneer ik dat hoor. "Ja - nee - ik weet het niet, schatje. Omdat jij, jij bent. Ik laat niemand jou pijn doen."

Ik geef haar een klap op haar kont en blijf staan, terwijl ik haar bolle billen een schokje geef. "Zelfs ik mag jou geen pijn doen."

Ik wrijf met de kop van mijn geschoren pik over haar gezwollen ingang en het vlees beweegt onmiddellijk om me op te nemen. Alsof ik daar verdomme thuishoor.

Op het moment dat ik in haar ben, weet ik dat ik hier

de verkeerde plek voor heb uitgekozen. Mijn glazen tafelblad is niet bestand tegen de beukende bewegingen die ik dit meisje wil geven. Ik glijd langzaam in en uit haar, mijn ogen rollen terug in mijn hoofd van de heerlijkheid van hoe goed ze aanvoelt. Ik pak haar heupen vast en geef haar een paar korte stoten en dan weer een paar langzame volle glijbewegingen.

"Engel, wil je dat ik je hard neuk?"

"Ja." Ik hou ervan dat er geen aarzeling in haar antwoord zit. Ze mag dan op andere manieren onzeker over me zijn, maar mijn dominante seksuele voorkeur schrikt haar helemaal niet af.

Eigenlijk moet ik zeggen dat Marissa ook wel een beetje gek is in bed.

"Dan zal ik je van deze tafel moeten halen of ik breek hem in twee." Ik duw diep in haar en trek haar heupen naar achteren met de mijne, help haar recht te komen. Ik draai onze lichamen weg van de tafel. "Op je knieën, bella." Ik trek me terug voordat ze op haar knieën valt, maar volg haar meteen naar de vloer en duw mijn pik er weer in zodra ze op de grond ligt.

En dan is het alleen nog maar de zaligheid van het in en uit haar te stoten. Haar heupen stevig op hun plaats houdend terwijl ik mijn lichaam tegen haar kont sla, diep in haar ga om de groeiende behoefte te bevredigen.

Ik weet niet hoe lang ik bezig ben - mijn gedachten glijden weg in het genot, maar dan komen ze terug en ik realiseer me dat ik hunker naar meer.

Ik trek me terug. "Op je rug, popje. Ik wil je gezicht zien wanneer ik je laat klaarkomen."

Gehoorzaam zoals altijd, laat ze zich onmiddellijk vallen en kronkelt op haar rug voor me, haar knieën opengebogen als een uitnodiging.

"Dat is het, bella."

Op dat moment zie ik dat ze kaalgeschoren is. De vorige keer was ze netjes getrimd. "O, engel. Ik strijk met mijn duim over de gladde huid. "Heb je dit voor mij gedaan?"

Ze ontmoet mijn blik en houdt die vast, knikt langzaam.

Ave Maria.

Ze heeft dan wel geen rok aangedaan, maar ze wilde me nog steeds behagen. Zichzelf aan mij overgeven. Het genot dat door me heen gaat doet me bijna klaarkomen.

Ik doorboor haar met mijn pulserende erectie, stoot hard naar binnen en omhoog.

Ze hijgt en klemt haar benen om mijn rug.

"Schatje, dat verdient zeker een beloning." Ik neuk haar naar de hemel. Iedere stoot brengt me dieper, maakt haar wilder. Ze slaakt paniekerige kreten, trekt mijn heupen naar haar toe met haar enkels gekruist achter mijn rug. Zet haar nagels in mijn schouders.

Ik vind het heerlijk om haar zo verloren te zien, zo uitzinnig op weg naar de bevrijding.

Het maakt dat ik het langer volhoud, mijn eigen genot zit zo gevangen in het kijken naar hoe zij zich ontvouwt. Ik verplaats mijn gewicht naar één arm en gebruik mijn andere hand om met één tepel te rollen en erin te knijpen. Wanneer ik erin knijp en deze vasthoud, komt zij met een schreeuw klaar.

"Gio! Oh mijn God! Wat doe je me aan?" Haar heupen stoten verwoed tegen de mijne wanneer haar poesje mijn pik uitmelkt.

Ik houd het nog een paar stoten tegen en dan kom ik ook klaar, terwijl ik diep in haar binnendring en daar blijf voor de bevrijding.

Ik laat mijn hoofd in de holte van haar schouder vallen, mijn adem vermengt zich met de hare terwijl we hijgen en bekomen. Ik zuig haar oorlel in mijn mond, draai mijn tong rond de gevoelige roze buitenkant.

Ze kronkelt en giechelt.

"Che belleza," mompel ik tegen haar huid. "Ik hou ervan om je over de andere kant te zien storten."

Haar poesje knijpt samen , waardoor mijn pik in haar samentrekt. "Ik heb nog nooit zo'n seks gehad," geeft ze toe, wat ik al vermoedde.

"Ik ook niet," zeg ik tegen haar. Het is waar. Ik heb veel meisjes geneukt. Meer dan ik ooit zou willen en ik heb het op elke denkbare manier gedaan, maar met haar is het helemaal anders. Het voelt nieuw en opwindend en zoveel beter.

Ik veeg haar haren uit haar gezicht en zet mijn lippen op de hare in een losse, onderzoekende kus. "Je doet iets met me, Marissa. Iets goeds."

"Je geeft me het gevoel..."

"Wat?" vraag ik wanneer ze haar zin niet afmaakt.

"Ik weet het niet. Veel. Alsof alles uitvergroot wordt - het goede, het slechte. Alles."

Ik laat me rustig uit haar glijden. "Wat is het slechte, engel?" Het is zoals een auto-ongeluk waarbij je weet wat er gaat komen, maar het niet kan tegenhouden.

Ze schudt met haar hoofd. "Nee, het is niet slecht. Alleen mijn angsten. Ik ben uit mijn normale doen met jou, Gio. En dat maakt me bang."

Ik word opengescheurd door haar eerlijkheid. Het maakt dat ik haar alles wil geven. Mijn hart op een stokje. Mijn geld. Mijn leven.

"Wees niet bang bij mij," mompel ik. "Je hoeft nooit bang te zijn bij mij. Herinner jij je mijn belofte nog? Ik ben een man van mijn woord."

~

Marissa

Ik knipper omhoog naar Gio, terwijl een enorme golf van emoties mijn borstkas overspoelt. Het lijkt te onwerkelijk om te geloven dat deze machtige, rijke, gevaarlijke man beloftes doet aan een vijfentwintigjarig keukenhulpje uit Cicero.

Maar als het allemaal te maken heeft met het feit dat ik in zijn nachtmerries voorkom, dan is het wel logisch. Ik beteken iets voor hem. Iets over waarom hij het overleefd heeft of wat hij moet veranderen tijdens zijn tweede kans in het leven.

Omdat het moment te groot is, te kwetsbaar, te eng, flap ik eruit: "Ik heb een toetje gemaakt."

Een enorme grijns verschijnt Gio's prachtige gezicht. "Zij maakte een toetje voor me," vertelt hij. "Dit meisje is perfect." Hij trekt een wenkbrauw op, filmsterstijl. "Alleen dacht ik dat jij het toetje was, engel." Hij klimt van me af en helpt me overeind.

"Nog een toetje, dan," zeg ik tegen hem. Ik ben opgewonden om het aan hem te geven. Hij was zo afstandelijk toen ik hier aankwam, dat ik had besloten om het in de koelkast te verstoppen en hem het zelf te laten zoeken, maar nu wil ik hem graag trakteren.

"Wat heb ik geluk," mompelt hij.

"Ja," beaam ik.

"Je bent enthousiast," merkt hij op. "Je houdt echt van wat je doet."

Ik probeer mijn spijkerbroek van de grond op te rapen, maar hij slaat me op mijn blote kont. "Geen kleding, engel. Ik vind het fijn als je me naakt bedient."

Mijn goed gebruikte poesje wordt weer heet en nat bij die woorden.

Zijn blik daalt naar mijn tepels, die weer hard worden. Blozend loop ik naar de keuken en hij volgt me. Wanneer ik probeer om op zijn minst de keukenschort aan te trekken zoals de vorige keer, schudt hij zijn hoofd. "Geen denken aan dat je dat mooie poesje bedekt, engel."

"Ik denk dat de gezondheidsinspectie dit misschien gaat afkeuren," mompel ik, maar ik vecht tegen een glimlach.

Zijn grijns is zo sexy als de hel.

Ik haal het bakje met het dessert uit de koelkast en pak twee bordjes. Ik blijf met mijn rug naar Gio staan terwijl ik de borden bestuif met poedersuiker en cacao, en ons dan elk een stuk zelfgemaakte tiramisu serveer met een handgemaakte espressotruffel ernaast. Ik versier de randen van de bordjes met een drupje frambozensaus en een framboos, een braambes en een aardbei, in bloemvorm gesneden. Dan draai ik me om en presenteer het.

Gio's blik valt eerst op mijn lichaam, gaat van mijn borsten naar mijn poesje en terug naar mijn borsten. Dan ziet hij eindelijk het dessert. "Tiramisu? Mijn favoriet."

"Dat weet ik nog," geef ik toe. Hij bestelde het altijd wanneer we het bij het café hadden. "Mijn oma's recept, maar ik heb het speciaal voor jou gemaakt." Ik bloos bij de bekentenis.

Hij steekt zijn arm uit. "Kom hier."

Ik zet de borden neer en loop naar hem toe. Hij slaat zijn arm om mijn middel en trekt mijn naakte lichaam tegen zijn geklede lichaam. Zijn hand glijdt over mijn kont en knijpt erin.

"Ik hou er verdomme van als je voor me kookt," mompelt hij tegen mijn slaap, dan kantelt hij mijn kin omhoog en laat zijn lippen over de mijne glijden in een langzame kus. "Misschien moet ik je loon verlagen, zodat je nooit je schuld aan mij kunt afbetalen." Hij zegt het zo warm, met zo'n waarderende grom, dat de alarmbellen in mijn hoofd niet afgaan. "Ik denk dat je toch gelijk had over de Tacones."

Mijn poesje druipt weer. Ik weet niet waarom mijn lichaam zo op hem reageert - of het nu zijn woorden zijn of zijn aanraking, maar ik ben zeker bezeten, zelfs zonder de geldsituatie die ons bindt.

Ik kijk op en wrijf met mijn tepels tegen zijn shirt. "Moet je me niet een aanbod doen dat ik niet kan weigeren?"

De brede glimlach komt weer op zijn lippen en onthult stralende witte tanden. "Engel, ik zou je alles geven. Maak een lijstje en ik begin het te vervullen."

Een zuchtje van een verbaasde lach komt uit mijn mond. "Oké... wat dacht je van het kwijtschelden van mijn schuld?" Ik kan net zo goed voor het goud gaan, toch?

Spijt flitst over zijn gezicht en mijn buik krimpt strak ineen. "Dat niet, schatje. Ik ben er nog niet klaar voor om het kleine gekooide vogeltje te bevrijden."

Ik wist dat het te veel gevraagd was - 30.000 is een enorme schuld om vergeving voor te vragen en toch raakt zijn weigering me. Misschien omdat hij er zo bot over is. Ik probeer terug te gaan, maar hij houdt me vast.

"We hadden een afspraak, engel. We genieten er allebei van. Laat het nog even duren, schatje. Ik sta open voor nieuwe onderhandelingen als dat verandert.

Ik ontspan me een beetje. Hij brengt zijn mond naar beneden, zweeft boven de mijne, maar eist mijn lippen niet op. "Kus me," beveelt hij.

Op het moment dat ik dat doe, vallen al mijn twijfels en bedenkingen weg. Ik sla mijn armen om zijn nek. Hij trekt mijn benen rond zijn middel en ik duik in alles wat het betekent om het bezit te zijn van Gio Tacone. Om naakt te zijn en overgeleverd te worden aan zijn genade . Hij duwt me tegen een muur en drukt me er tegenaan, pint me stevig vast zodat hij met de bobbel van zijn pik tegen mijn huilende poesje kan wrijven.

"W-wat dacht je van het toetje?" Ik hijg wanneer hij de kust verbreekt om even te ademen.

"Blijf vannacht slapen," eist hij.

Ik knipper met mijn ogen. De waarheid is dat ik tante Lori al had verteld dat ik vanavond misschien niet thuis zou zijn. Dat ik met een vriendin naar een concert zou gaan en waarschijnlijk bij haar zou blijven slapen. "Oké," mompel ik.

Gio beloont me met zijn prachtige glimlach en laat me langzaam op de grond glijden. Hij kust me nog een keer. "Dan denk ik dat we wel tijd hebben voor het toetje," zegt hij, terwijl hij mijn kont vastpakt en er een waarderend kneepje in geeft voordat hij me loslaat.

Gio pakt beide bordjes en twee lepeltjes. "Kies een wijn," beveelt hij voordat hij het naar de eetkamer draagt.

Ik zoek een moscato dessertwijn uit en schenk hem in kleine kristallen glaasjes. Ik vind het geweldig dat Gio alle maten en stijlen in zijn kast heeft staan. Ik haat het om het toe te geven, maar ik hou van alles in deze luxueuze woning. Alleen al door er te zijn, voel ik me rijk, alsof de dure meubels die rond mij staan mijn eigen lichaam en wezen voeden.

In de woonkamer trekt Gio me op zijn schoot, schrijlings over hem heen, en geeft me de eerste hap. Ik neem het aan, maar wanneer de heerlijke zoete combinatie smelt in mijn mond, zeg ik: "Probeer jij het eens. Ik heb het voor jou gemaakt."

"Ik weet het, engel. Ik ben je er nog steeds voor aan het belonen." Ik kijk toe hoe hij een hap neemt en met zijn ogen rolt van genot. "Mmm. Zo lekker, schatje. Ik kan de liefde proeven die je erin hebt gestopt."

Ik lach. "Dat zegt mijn oma ook altijd over haar eten."

"Het is waar." Hij geeft me nog een hap.

"Zo," zeg ik, terwijl ik het zoete, romige toetje in mijn mond laat ronddraaien. "Ik heb nog geen piano gezien bij Michelangelo's. Wat is er aan de hand?"

"Oh. Ja. Ik denk er nog over na."

Ik maak een minachtend geluid. "Waar wil je over nadenken? Het is jouw droom, Gio. Maak van Michelangelo's iets waar je van houdt. Als jij ervan houdt, zal de wereld dat ook doen. Dat is wat een van mijn leraren op het culinaire instituut ons vertelde. Ze zei ja, volg wat populair is, ken de markt, weet wat hip is. Maar creëer toch waar je van houdt."

Gio's blik glijdt naar zijn kleine vleugelpiano.

"Die piano in het wit zou daar perfect staan," dring ik aan. "Waar haal je zo'n piano vandaan? We kunnen morgen gaan winkelen."

Gio's lippen bewegen. "Ga je met me winkelen voor een piano?"

"Ja, natuurlijk. Het zal leuk worden."

"Hoe laat moet je werken?"

"Ik werk morgen eigenlijk niet. Niet bij Michelangelo en mijn tante kan waarschijnlijk Milano wel aan - ik heb de hele week alleen gewerkt door Mia's herstel. Ze staat bij me in het krijt."

"Dat is geweldig. Het is morgen mijn verjaardag."

"Is dat zo? Ik ga rechtop zitten. Ik ben het type dat alles uit de kast haalt voor verjaardagen. Ik weet het niet - ik werd in de steek gelaten door mijn moeder en haatte iedere verjaardag als ze niet kwam opdagen. Nu werk ik overdreven hard om ervoor te zorgen dat de verjaardag van anderen niet zo'n grote teleurstelling is als de mijne altijd was.

Gio geeft me de laatste hap van de tiramisu en stopt de

truffel in zijn mond. "Ohhhhh ja. Dit is zo goed, engel. Koffieboon?"

Ik ben belachelijk blij met zijn waardering. "Espresso, ja."

"Ik vind het heerlijk."

Ik kruip over zijn schoot en sla mijn armen om zijn nek. "Wat wil je dat ik voor je verjaardag maak?"

Zijn glimlach is verwilderd. "Oh, engel. Er is niets dat jij maakt dat me kan teleurstellen."

"Dat is niet wat ik vroeg. Wat is je favoriete maaltijd? Of toetje? Waarom heb je me dat niet verteld, zodat ik een speciaal verjaardagsdiner kon maken?"

Hij gaat met zijn handen op en neer over mijn blote rug. "Wij doen normaal een familiediner voor verjaardagen. Kom jij ook?"

Ik stop met ademen.

Ik heb nog niet eens het feit aanvaard dat Gio en ik aan het daten zijn - of wat we ook doen. Ik ben er nog niet klaar voor om mee te gaan naar een verjaardagsetentje met de familie.

Maar Gio ziet eruit alsof hij zijn adem ook inhoudt. En het is zijn verjaardag.

"Jij, uhm, wilt echt dat ik meega, of nodig je me alleen uit om aardig te zijn?"

Ik weet dat hij niet het antwoord gaat geven waar ik op hoop. Hij strijkt tegelijkertijd met zijn duimen over mijn beide tepels, waardoor er een rilling door mijn lichaam gaat. "Ik wil graag dat je meegaat. Dat is dan mijn verjaardagscadeau. Wil je meegaan?"

Fuck.

Een Tacone familiediner.

Ik slik. "Ja. Oké. Ik ga wel mee. Op één voorwaarde."
"Wat dan?"
"Je laat het pistool thuis."

Het zit me dwars dat hij een pistool draagt iedere keer als hij het huis verlaat. Iedere keer als ik het zie of bij hem voel, schiet de herinnering aan zes lijken op de vloer van Milano's door het midden van mijn voorhoofd.

Hij aarzelt een moment. "Ja, oké."

"Oké?"

"Ja." Hij werpt me die vernietigende grijns toe. "Mag ik het in de auto meenemen?"

"Laat het pistool, neem de cannoli," zeg ik als grap om The Godfather te citeren, maar ik word er ook nat van. Vraagt hij echt mijn toestemming? Deze man die Chicago domineert. Die leeft in een wereld van misdaad en geweld? Of het nu een echte macht is die hij me geeft, of alleen de illusie, ik vind het geweldig. Ik kus zijn nek. "Dat is een goede compromis."

Gio grijnst en trekt mijn heupen stevig tegen de zijne. "Vierentwintig uur met het meisje van mijn dromen. Klinkt als een perfecte verjaardag."

"Je bedoelt nachtmerries," ik zeg het om het gefladder in mijn buik weg te nemen, de paniek over waar ik mezelf in stort.

Zijn glimlach is droevig. Nee - spookachtig. "Hetzelfde."

HOOFDSTUK NEGEN

Gio

MARISSA STAART NAAR ME VANAF HAAR PLEK IN MICHELANGELO'S BAR. Ze draagt een spijkerbroek en een blouse die ik voor haar gekocht heb nadat ze geklaagd had dat ze geen propere kleren had om aan te trekken. Ze heeft nog steeds die "net geneukte" blik - blozende wangen, glazige ogen, en een prachtige verdwaasde uitdrukking, ook al is het al een paar uur geleden. En dat maakt dat ik haar weer opnieuw wil neuken.

Cristo, ik heb niet meer zoveel seks gehad sinds ik in de twintig was. Logisch, want ik ben nu met een meisje dat in de twintig is.

Gisteravond heb ik haar naar mijn bed gedragen en me aan haar poesje tegoed gedaan tot ze huilde van de uitputting van vijf orgasmes. Vanmorgen heeft ze me gepijpt voor mijn verjaardag, gevolgd door ontbijt op bed.

Toen nam ik haar mee naar de pianowinkel en liet haar een kleine vleugelpiano voor het restaurant uitzoeken.

Ze koos een stralend witte schoonheid waar ik dubbel voor betaalde zodat ze alles zouden laten vallen en deze vandaag nog zouden leveren. Nadat ik haar had meegenomen voor een lunch in een van de duurste restaurants van Chicago, gingen we naar Michelangelo's om de bezorgers van de piano te ontmoeten.

Nu staat deze in de hoek en ik speelde mijn beste uitvoering van The Scientist van Coldplay, terwijl ik genoot van een glaasje wijn. Ik duw haar knieën wijd open en bijt in de naad van haar jeans tussen haar benen. "Ik wil dit poesje weer."

Ze kijkt op me neer.

Ik had nooit gedacht dat Marissa zo freaky zou zijn, maar ze geeft me een brede glimlach en zegt: "Jij bent de baas."

Jezus Christus. Ze maakt mijn pik op ieder moment weer hard.

"Eerst zoveel tegenstribbelen, engel, en nu geef jij je ineens over. Leg me dat eens uit."

Ze wordt gespannen en ik heb er spijt van dat ik erover begon.

Ik masseer over haar binnenste dijen met mijn duimen om haar weer te ontspannen. "Maakt niet uit," zeg ik. "Het kan me verdomme niets schelen. Ik vind je gewillig." Ik pak haar middel vast en zet haar weer op haar voeten. Met een ruk maak ik de knoop van haar spijkerbroek los en laat mijn hand er langs de voorkant in glijden. Ze is helemaal nat. Als een rijpe perzik, heerlijk sappig en zacht. Ik draai haar rond zodat haar kont tegen mijn voorkant komt om een betere hoek te krijgen en ik vind haar clitje met mijn vinger. Ze kronkelt en laat haar hoofd achterover op mijn schouder vallen. Ik krul een vinger in haar en wrijf met de hiel van mijn hand over haar clitje terwijl ik een tweede vinger naar binnen breng.

Marissa bedekt mijn hand met de hare en duwt me dieper. Ik loop met haar naar voren, mijn vingers nog steeds in haar. Haar dijen stoten tegen een tafel en ze buigt zich eroverheen, terwijl ze zichzelf opvangt met haar handen. Ik schuif haar spijkerbroek naar beneden en geef haar een klap op haar kont.

"Heb je enig idee hoe heet dit is, engel?" Vraag ik terwijl ik haar billen spreid om haar helemaal te kunnen zien. "Ah, wat zeg ik? Iedere keer met jou is heet." Ik wrijf nog eens over haar natte plooien en laat dan mijn pik los. Ik kan de condoom niet snel genoeg omdoen.

Nu weet ik waarom mannen een jongere vrouw zoeken na hun midlife crisis. Ik heb me nog nooit zo levend gevoeld als de laatste achttien uur. Het is verdomd stimulerend. Maar nee, het is niet omdat Marissa jonger is. Het is omdat ze Marissa is. Ze zou ook ouder dan mij kunnen zijn, ik zou haar nog steeds supersexy vinden. Ik zou haar nog steeds vijf keer per dag willen neuken.

Ik ga zachtjes in haar verwelkomende poesje en ze kreunt. "Je buigt vooover en neemt het van je baas, mooie meid? Eh bella?" Ik kan niet stoppen met de vuile woorden uit mijn mond te laten stromen. Gelukkig lijkt Marissa het niet vernederend te vinden. Ze kreunt, reikt naar achteren en trekt haar billen voor me uit elkaar. Ik stoot met mijn lichaam tegen haar kont, schurend tegen haar anus zodat ze die extra prikkeling krijgt. Ik doe het langzaam, kijk hoe mijn hele pik in haar verwelkomende ingang verdwijnt en er glinsterend weer uitkomt.

Ik ben nog niet eens klaargekomen en ik ben haar nu al dankbaar. Als ze mijn naam op die hese, dringende manier begint te mompelen, breekt mijn controle en moet ik haar hard nemen. Ik grijp haar heupen vast en stoot in en uit haar, waardoor de tafel schudt van de kracht.

De hoek is goed, maar ik wil dieper in haar komen. En

ik wil haar gezicht zien. Afgelopen nacht heeft me verslaafd gemaakt aan het kijken naar hoe ze klaarkomt. Ik trek me terug en zet haar blote kont op het tafelkleed, klim er dan bovenop, met één voet op een stoel en één knie op de tafel.

Marissa's gegiechel verandert in een sekskreet wanneer ik me in haar stort, waarbij ik mijn voet op de stoel gebruik voor een betere positie. Het is een brutale, dominante neukpartij, maar ze klaagt niet, zelfs niet wanneer ik snel en ruw word.

Ik probeer het langzamer aan te doen en aan haar genot te denken, maar mijn eigen behoefte overmeestert me. Ik ben zinloos van verlangen.

"Gio... Gio." Wannneer ze mijn naam weer begint te schreeuwen, kom ik klaar als een raketstraal en pas wanneer ik mijn lading heb gelost en nog steeds in en uit haar aan het bewegen ben in pure gelukzaligheid, komen mijn gedachten terug. Ik knijp hard in één van haar tepels. "Kom voor me klaar, engel."

Dat doet ze. Precies op tijd, alsof haar lichaam gemaakt is om op mijn bevel te reageren. De golf van kracht die door me heen gaat doet me nog meer klaarkomen. Of misschien is het de manier waarop haar strakke spieren mijn pik uitmelken om iedere druppel sperma eruit te halen.

Ik laat me uit haar schuiven en van de tafel zakken omdat ik weet dat dit niet de meest comfortabele positie is. "Mijn complimenten aan Michael voor zijn tafels," zeg ik, terwijl ik een klopje op het tafelblad geef. "Heel stevig."

Ze laat een trillerig lachje horen. "Gio, ik heb niet zoveel ervaring, maar ik ben er vrij zeker van dat je seks met andere mannen voor me verpest."

Ik moet me afwenden om de vlaag van bezitterige jaloezie te verbergen die door me heen stroomt bij die woorden. "Ik ben er vrij zeker van dat dat waar is," weet ik te zeggen. Ik gooi de condoom in de vuilnisbak. Wanneer ik terugkom, help ik haar van de tafel en gebruik een van de stoffen servetten om alles schoon te maken.

En dan kan ik mezelf niet meer tegenhouden. "Praat niet over andere mannen tegen mij, engel. Ik heb een heel restaurant gekocht om de handen van één man van je af te houden. Als ik je hoor praten over een andere man, dan weet ik niet zeker of ik zo genadig zal zijn."

Ze staart me met grote ogen aan. Ik kan niet zeggen of ze boos of bang is, of gewoon verbijsterd.

"Je hebt het echt gedaan, is het niet?"

"Geloof je me nog steeds niet?"

Haar knikje wiebelt. "Ik begin het te geloven," fluistert ze.

Ik grijp haar kaak vast en proef haar lippen, en ze opent zich voor me, zoals een bloem die wilt bloeien.

∼

Marissa

IK WEET NIET EENS OF IK MEZELF NOG HERKEN.

Gio heeft een hele seksuele kant van me opengebroken waarvan ik niet wist dat die bestond. En nu dat die eruit is, weet ik niet hoe ik die weer weg moet stoppen.

Ik wil die niet meer wegstoppen.

Ik hou van het gevoel dat Gio me geeft - alsof ik het middelpunt van het universum ben.

Het feit dat mijn moeder me als kind in de steek liet, heeft littekens op me achtergelaten. Het soort dat me vertelt dat ik extra hard moet werken om de liefde of affectie waardig te zijn. Het soort dat me angst inboezemde om niet goed genoeg te zijn.

Die angsten zijn er nog steeds, misschien zelfs nog wel meer, omdat ik bang ben om aan dit gevoel te wennen - om belangrijk te zijn voor iemand. Gevierd te worden, zelfs.

Maar dit is gewoon seks. Ik moet dat onthouden. Gio is een player en dit is waarschijnlijk hoe hij het speelt.

Hij kocht een restaurant voor je.

Ik haal adem. Hij kocht een compleet restaurant – speciaal voor mij. Dat is niet spelen.

We halen het tafelkleed van de tafel waar hij me net heeft genomen en ik leg er een nieuw op. Dan is het tijd om naar zijn verjaardagsdiner te gaan.

Hij sluit af en neemt me bij de hand, verbindt zijn vingers met de mijne terwijl hij me naar zijn SUV leidt. "Niet zenuwachtig zijn," zegt hij, ook al probeerde ik mijn stemming te verbergen. "Mijn familie is makkelijk. Het wordt gewoon een luidruchtige Italiaanse familiebijeenkomst. Veel eten en over elkaar heen praten." Hij knipoogt naar me en ik smelt een beetje.

Ik wil hem geloven, maar hier komt mijn vooroordeel tegen zijn familie weer om de hoek kijken. Het zijn de Tacones. De beruchte misdaadfamilie die Milano's veertig jaar lang gegijzeld heeft gehouden. De familie die verantwoordelijk is voor de zes lijken op onze vloer vorig jaar.

"Zal Junior er ook zijn?" Ik probeer de vraag gewoon te stellen, maar Gio schuift zijn blik naar me toe en kijkt me speculatief aan. Hij is soms echt te opmerkzaam.

"Ja." Hij opent de deur van mijn auto en helpt me instappen.

Ik haal trillerig adem en wenste dat ik een excuus had voor het diner.

Maar nee, het is Gio's verjaardag en hij wil me erbij hebben.

En dat is het deel dat me raakt.

Hij wil me daar hebben.

Het is een gek en vreemd gevoel, en eentje dat ik veel te graag ervaar.

We praten niet veel op weg naar zijn moeder. Ik friemel aan het riempje van mijn tas en aan de radio.

"Moet ik chiquer gekleed zijn?" flap ik eruit wanneer het plotseling in me opkomt dat de Tacones rijk zijn en ik in een spijkerbroek kom opdagen.

"Stop," Gio onderbreekt me onmiddellijk. "Je ziet er perfect uit. Niemand zal je beoordelen, engel. Ze zullen blij zijn dat ik een meisje heb meegebracht."

Dat nieuws kalmeert me. Ik werp hem een zijdelingse blik toe. "Doe je dat normaal niet?"

Hij knippert met een grijns die mijn slipje doet smelten. "Nooit, popje. Ik was de perfecte vrijgezel."

Ik probeer de tinteling van genot die langs mijn nek en armen loopt te negeren. Ik ben speciaal voor Gio. Nog meer bewijs dat het waar is.

Het nieuws maakt me moedig genoeg om naar meer op zoek te gaan. "En nu?"

Gio's grijns wordt breder. "Nu heb ik jou gekozen, kleine meid. Of had je dat nog niet door?"

Mijn gezicht bloost van plezier en een beetje schaamte omdat ik net naar die informatie heb gevist.

"Ik heb geprobeerd om me in te houden - niet te sterk over te komen, vooral omdat je daar blijkbaar wat moeite mee hebt. Maar achteroverleunen en wachten is niet mijn stijl, popje. Ik denk dat ik een opmerkelijke terughoudendheid heb getoond. Maar die onzin is nu voorbij. Mijn bedoelingen zijn nu uitgesproken."

Mijn poesje tintelt bij zijn verklaring. Gio's vuile praat

is geil, maar dit? Een stoere maffiaman die over echte relaties praat? Ik ben nog nooit zo opgewonden geweest in mijn leven.

Ik slik. "Genoteerd."

Gio grijnst wanneer hij parkeert voor een mooie voorstedelijke Victoriaanse villa en stapt uit. Ik duw mijn deur open en haal diep adem. Ik kan dit. Ik ben met Gio en hij is gek op mij. Dat maakt iedere situatie zo goed als beheersbaar, is het niet?

Hij stopt vlak voordat we naar binnen gaan. "Hé, mijn moeder weet niet dat ik ben neergeschoten en dat wil ik zo houden, oké?"

Een schok golft door me heen. Hoe heeft hij zoiets groots voor haar verborgen kunnen houden? En hij lijkt zo open tegen mij, maar wat verbergt hij voor me?

We lopen door de deur en zijn moeder komt uit de keuken, haar armen wijd uitgestrekt. "Gio!" Haar uitdrukking verandert in een blijde verrassing wanneer ze mij ziet. "Je bracht een meisje mee!"

"Gio bracht een meisje mee?" Ik hoor een mannenstem vanuit de woonkamer wat vragen, en dan daalt de familie van alle kanten neer.

"Ma, dit is Marissa, Marissa Milano. Zij is de eigenaar van het café waar Pops vroeger naartoc ging in Cicero."

"Ik herinner me dat ik erover gehoord heb." Gio's moeder kust mijn beide wangen. "Welkom, welkom. Ik ben zo blij dat je bent gekomen om Gio's verjaardag te vieren."

Zijn broer Paolo geeft me ook een dubbele kus op mijn wangen. "Leuk je te zien, Marissa."

Ik heb dezelfde nerveuze reactie bij het zien van Junior die ik iedere keer heb sinds de schietpartij. Ik krijg een ijskoude rilling over me heen en de herinnering aan hem die zijn pistool op mijn hoofd richt, komt weer boven. Ik forceer een glimlach en bied mijn gezicht ook aan voor zijn kussen, en hij stelt me voor aan zijn mooie latinavrouw, Desiree, hun baby Santo en haar zoon Jasper.

"Junior, kunnen we even praten?" Zegt Gio, terwijl hij mijn hand vastpakt en erin knijpt.

Wacht... wat? Moet ik daarbij zijn? Want ik houd liever afstand van Junior.

Maar Junior stemt toe, werpt een speculatieve blik over zijn schouder terwijl hij ons naar een studeerkamer leidt. Gio sluit de deur achter ons en ik sta daar te beven, ik wil wegrennen.

"Je moet Marissa je excuses aanbieden," zegt Gio onmiddellijk.

Oh fuck.

Ik begin nog harder te beven. Zo hard dat Gio het merkt en me tegen zich aan trekt.

"Ja?" Junior is zo eng als de pest. Net zo eng als Don Tacone, de patriarch van de familie. Hij richt die donkere ogen op mij.

Ik kan niet ademen. Ik bedoel echt helemaal niet. Ik sta daar, niet in staat om in of uit te ademen. Of zelfs maar te bewegen, ik tril alleen maar.

"Ja. Omdat je een pistool op haar richtte. Je hebt haar bang gemaakt, Junior. Ze heeft nachtmerries."

Ik wil Gio vermoorden om me zo bloot te geven. Ik dacht dat ik de schietpartij op het moment zelf goed had afgehandeld. Toen die bratva klootzakken binnenkwamen en aan iedere tafel in het café gingen zitten, probeerde ik Junior te waarschuwen dat het een valstrik was.

Maar was al het te laat en hun leider schoot Gio neer op de stoep voor de deur. En ik heb het daarna voor hen opgenomen. Ik loog tegen de politie en vertelde hen dat het allemaal bratva was. Er waren helemaal geen Sicilianen bij betrokken.

Junior neemt dit nieuws in zich op en laat zijn hoofd

opzij vallen. "Aw, Marissa. Het spijt me. Het ging allemaal zo snel. Je ging ergens anders staan, ik richtte. Ik dacht dat je een van hen was, dat is alles. Ik zou je nooit pijn doen. Dat moet je geloven."

Een deel van mijn ruggengraat komt terug. Ik til mijn kin op. "Je dacht erover na om te schieten," beschuldig ik. "Zelfs nadat je zag dat ik het was."

Gio richt zijn blik op zijn broer en trekt zijn wenkbrauwen op. "Is dat waar?"

Junior ontmoet mijn blik en houdt die vast. Hij schudt zijn hoofd. "Ik zou het nooit doen, Marissa. We doen onschuldigen geen kwaad."

Tot mijn schrik vullen tranen mijn ogen. "Hij zei dat je het moest doen," mompel ik door trillende lippen. Het voelt goed om het uit te spreken. Om te praten over het moment dat ik nog met niemand heb gedeeld.

"Wie heeft dat gezegd?" vraagt Gio.

"Luca," mompelt Junior. Hij herinnert het zich. Wij zullen alle drie waarschijnlijk die avond blijven herinneren tot de dag dat we sterven.

Ze is een getuige, zei zijn handlanger, en ik had geen andere keus dan te smeken voor mijn leven.

"Luca's taak is mij waarschuwen voor gevaar. Maar ik wist dat je geen bedreiging voor me was. Dat ben je toch niet, Marissa?"

Er klinkt een lichte waarschuwing in Juniors toon en Gio gromt meteen, "Pas op."

Junior houdt zijn handen omhoog. "Nee, nee. Ik zeg alleen dat het te absurd is om te geloven dat ik haar ooit pijn zou willen doen." Hij wendt zich tot mij. Zijn uitdrukking is vriendelijk. Die heb ik nog niet eerder bij hem gezien. "Je probeerde me die dag te waarschuwen, is het niet?"

Ik knik, zwijgend.

"Ik ben je dankbaar, Marissa. En het spijt me als je denkt dat ik ooit die trekker zou overhalen. Dat zou ik niet doen. Ik zweer het op La Madonna."

Ik tril nog steeds, maar ik kan weer ademen. Ik slaag erin om een knikje van aanvaarding te geven.

Gio neemt mijn kin vast om me aan te kijken. "Ja? Geloof je hem?"

Doe ik dat? Ik weet het niet zeker. Ik wil het wel, ja. Ik knik.

"Voel je je beter?" Gio geeft me een kneepje, alsof hij actie gaat ondernemen voor mij als ik het niet doe.

Ik duw hem weg. "Jezus, Gio. Je had er niet zo'n punt van moeten maken. Nu ben ik in verlegenheid gebracht."

"Nee," zegt hij, zwaaiend met zijn handen op die onmiskenbaar Italiaanse manier. "Dit is belangrijk. Ik wil dat je hierheen komt om mijn familie te zien. En ik kan het niet hebben dat je bang wordt iedere keer als je mijn broer ziet."

Junior werpt Gio een nieuwsgierige blik toe voordat hij zijn hand uitsteekt. "Nee, ik wil absoluut niet dat je bang voor me bent. Alsjeblieft." Wanneer ik mijn hand in de zijne leg, bedekt hij die met zijn andere en knijpt erin terwijl hij me gevangenhoudt. "Accepteer mijn verontschuldigingen. Voor alles wat er die nacht gebeurd is."

Ik knipper met mijn ogen. Ik weet dat mijn lippen nog trillen, dus ik vertrouw mezelf niet om te praten. Het is grappig hoe ver een verontschuldiging gaat.

Veel verder dan het geld. De Tacones hebben voor ons gezorgd na de schietpartij. Paolo liet de volgende dag de ramen vervangen en Junior gaf me twee keer zoveel geld als het kostte om alles te repareren.

Maar hem horen zeggen dat het hem spijt, in duidelijke woorden, maakt een verschil. Een groot deel van de angst en woede die ik door die dag tegen de Tacones koesterde, brokkelt af en drijft weg.

"Dank je," weet ik na een moment te zeggen terwijl ik mijn stem vervloek omdat die nog wat wiebelt.

Maar Junior laat mijn hand los en trekt me naar zich toe voor een knuffel, alsof we familie zijn. En dat vind ik niet erg. Het is best fijn, eigenlijk.

Wanneer hij me loslaat, trekt Gio mijn rug tegen zijn voorkant en slaat zijn armen van achteren om me heen. Hij kust mijn haar. "Ben je oké?"

"Ja."

Junior staart naar me. "Weet je het zeker?"

Ik knik opnieuw. "Ja. Bedankt."

"Oké. Laat me weten als ik iets voor jou of je familie kan doen, Marissa," zegt Junior. Het geeft me het idee dat hij niet weet van de lening die Gio me al gegeven heeft. Dus het was inderdaad niet officieel, zoals Gio beloofd had.

"Bedankt, meneer Tacone - Junior."

We verlaten de kamer, mengen ons in de chaos van een luidruchtige familiebijeenkomst en iets in mij waarvan ik niet wist dat ik het vasthield, ontspant zich. Er komt ruimte vrij in mijn borst voor meer adem.

Het lawaai van het gekets kalmeert me en mijn zenuwen ebben weg. Misschien heeft Gio gelijk. Ze zijn gewoon zoals iedere andere familie.

~

Gio

Ik moest me echt inhouden om mijn broer niet in het gezicht te slaan toen ik Marissa naast me voelde beven. Ik denk dat Junior de diepte van mijn woede inzag, want hij was abnormaal vriendelijk. Of misschien is hij gewoon veranderd.

Desiree en het vaderschap hebben hem een nieuwe kijk op het leven gegeven.

Ik had er geen idee van dat Marissa nog steeds zoveel leed door het wapen dat op haar gericht werd, hoewel ik dat wel had moeten weten. Haar handen trilden de dag dat ik in het café kwam. Ik dacht dat het kwam omdat ik haar liet schrikken. Maar nee, haar PTSS is even erg als de mijne, daarom herkende ze de tekens bij mij.

We verzamelen allemaal in de keuken om antipasto te eten van een schotel terwijl mijn moeder en Junior het diner afwerken.

Iedereen blijft nieuwsgierige blikken werpen op mijn date. Ze zullen me nog een eeuwigheid naar haar blijven vragen, maar dat kan me geen reet schelen. Ik wilde haar hier hebben. Ze geeft me het gevoel dat ik leef, voor het eerst in vele jaren.

Ik houd haar dicht tegen mijn lichaam, mijn arm losjes om haar middel. Het is een signaal naar mijn familie dat ze absoluut onder mijn bescherming staat, niet dat ik verwacht dat iemand haar zal beledigen. Onze familiebijeenkomsten zijn eenvoudiger dan ooit, maar oude gewoontes zijn moeilijk af te leren.

Het avondeten is mijn favoriet - gevulde schelpen met zelfgemaakte worst. Marissa is een schatje, ze is enthousiast over het eten en ruimt haar bord af, ondanks dat het niet de gourmetkeuken is die ze zelf graag maakt.

Ze past zich gewoon aan. Ze doet mee met de luidruchtige conversatie. Praat met Desiree en mijn moeder. Met Jasper. Ze mengt zich eenvoudig tussen de familie net zoals Desiree dat deed. Ik weet dat het gek is, veel te vroeg, maar ik fantaseer om dit blijvend te maken. Een grote glimmende ring om haar vinger schuiven en haar voor altijd te houden.

Maar ik weet dat ik ver vooruitloop. Ze heeft nog maar net haar verdediging laten zakken in bed. Het is nog een lange weg voor ze mij toelaat in de rest van haar leven.

"Is het tijd voor taart?" vraagt Jasper op het moment dat ik mijn bord leeg eet.

"Is er taart?" Ik doe alsof ik verbaasd ben.

"Ja!" Hij springt recht van zijn stoel. "Chocoladetaart met frambozenvulling. Nonna heeft die gemaakt."

Mijn moeder straalt. Ze vindt het geweldig dat de jongen haar al Nonna noemt, alsof ze al zijn hele leven zijn oma is. "Nou, ik denk dat we dan maar beter de borden kunnen afruimen zodat we taart kunnen eten. Kun jij helpen, Jasper?" Ik geef hem mijn bord en hij loopt ermee naar de keuken.

Marissa probeert op te staan, maar ik trek haar terug naar beneden. "Blijf bij me zitten, engel."

"Waarom speel je niet iets op de piano terwijl wij opruimen?" stelt mijn moeder voor.

"Ja," stemt Marissa in. "Waarom doe je dat niet?"

Het is een oude routine, maar het voelt nieuw met Marissa erbij. Ik pak haar hand vast en trek haar mee naar de piano. Het is mijn eerste piano - degene waar ik voor moest smeken bij mijn moeder. Mijn oudste vriend.

Ik ga zitten en denk aan Marissa. Dan glimlach ik terwijl ik bedenk wat ik ga spelen. Ik begin een van de eerste liefdesliedjes te spelen die ik leerde en zing ook - She's Always a Woman, van Billy Joel. Ik zing het voor Marissa, die bloost en op haar volle onderlip bijt. Tegen de tijd dat ik klaar ben, heeft de rest van de familie zich verzameld.

"Wie zingt dat?" vraagt Marissa. Natuurlijk was het van ver voor haar tijd.

"Billy Joel," zeg ik, terwijl ik als eerbetoon het begin van Piano Man speel.

"The piano man, himself," zegt Paolo met een spottend randje in zijn stem. "Er was een tijd dat kleine Gio ervan droomde om net zoals de oude Billy in pianobars te spelen, nietwaar?" Hij lacht en geeft me een klopje op mijn rug.

"En waarom zou hij dat niet doen, als dat zijn droom was?" daagt Marissa uit. Ze richt haar blik op Paolo alsof ze hem uitdaagt om me uit te lachen.

Mijn lippen trekken samen.

De rest van de familie knippert verbaasd met hun ogen.

"Ja, ik ben, uh..." Waarom is het zo verdomd moeilijk om het hen te vertellen? Ik heb nog steeds het gevoel dat het een beschamend, gênant iets is.

Junior gaat erop door. "Speel je in het openbaar, Gio?" Hij klinkt verbaasd, maar niet veroordelend.

"Ja. Nou, ik denk erover na. Ik heb een restaurant gekocht."

"Wat?" Zegt mijn ma luid. "Je hebt een restaurant gekocht? Waarom heb je me daar niets over verteld?"

"Welk restaurant?" Vraagt Paolo.

"Het heet Michelangelo's. Marissa is de chef daar en, uh, ja. We hebben er vandaag een piano neergezet."

"Geen shit." Junior klinkt stomverbaasd.

"Taalgebruik, Junior," vermaant mijn moeder. "Ik vind dat geweldig, Gio. Wanneer speel je? Ik zal iedere avond komen."

Ik lach. "Alsjeblieft niet, Ma. En ik ben nog niet eens begonnen. We zitten nog in de planningsfase."

"Leuk voor jou" zegt Junior, en ik heb geen enkele aanwijzing dat hij het niet meent.

Paolo kijkt me nog steeds aan alsof ik twee hoofden heb en hij houdt duidelijk zijn mond dicht omdat hij niets aardigs kan zeggen. Nou, hij kan de pot op.

Ik til mijn handen op en laat ze weer op de toetsen vallen, speel mijn beste uitvoering van The Beatles' Birthday, zingend en met veel humor om Jasper aan het lachen te maken.

Wanneer ik opsta, verstrengel ik mijn vingers met die van Marissa en buig me voorover om "dank je wel" in haar oor te mompelen. Wanneer ze haar gezicht naar me toekeert, steel ik een snelle kus van haar. "Je bent echt een engel."

"Gio," mompelt ze, met haar intelligente ogen op de mijne gericht. Ze is op zoek naar iets, maar ik kan niet zeggen wat.

"Ik zou alles voor je doen, popje," vertel ik haar met een lage stem terwijl wij terug naar de eetkamer gaan voor de taart.

Haar ademhaling bezorgt me rillingen. Haar uitdrukking is een mix van angst en hoop. Nogmaals, ik weet niet zeker hoe ik het moet ontcijferen.

Ik denk dat ze aan het beslissen is of ze me haar hart zal geven.

HOOFDSTUK TIEN

Gio

Aan alle goede dingen komt een einde en mijn vierentwintig uur met Marissa eindigden met een plof wanneer ik haar bij haar grootouders om de hoek moest afzetten in plaats van haar tot aan de deur te brengen.

Ze past misschien perfect in mijn familie, maar ik ben zeker niet de man die ze mee naar huis kan nemen, naar haar oma.

Fuck.

Nou, dat is een probleem dat ik zal moeten oplossen. En ik weet zeker dat ik dat kan. Nico heeft misschien wel wat ideeën. Ik ga het zeker niet aan Junior vragen. Hij is een groot deel van het probleem.

Ik heb niet toegegeven aan de verleiding om me vandaag met Marissa's zaken te bemoeien. Ik zit vanavond in het restaurant en kijk toe hoe alles verloopt, wetende dat ze achter die keukendeur staat. Terwijl ik me realiseer dat ik haar gisteren nog heb genomen, gebogen over de tafel bij de muur.

Michael wilde de piano onderkotsen toen hij het zag. "Lekker eten is in stilte," zei hij me meer dan één keer. Ik liet hem een paar minuten mopperen en toen zei ik dat hij zijn kop moest houden.

En dat deed hij. Die kerel is bang van mij en dat vind ik prima.

Het enthousiasme van Marissa toen ik gisteravond speelde - me verdedigend tegenover mijn broer Paolo - zet me eindelijk aan om op te staan van mijn stoel in de hoek van Michelangelo's en naar de kleine vleugelpiano te lopen. Het is 22:00 uur. Het diner loopt ten einde. Deze plek heeft een beetje muziek nodig. Het is veel te stil.

Ik ga zitten en begin een zoete versie van Leonard Cohens Hallelujah te spelen. Er is een moment van verrassing wanneer ik begin en dan beweegt de ruimte mee met de noten. De klanten accepteren de muziek en laten het door zich heen gaan, het versterkt hun ervaring van het eten, de wijn en het gezelschap. Ik weet verdomme niet hoe ik dat weet, maar dat is mijn gevoel. Dat is hoe ik muziek ervaar.

Ik speel één uur en de mensen blijven aan tafel zitten, bestellen meer wijn of koffie, en nog een toetje. Ook al zit Michael in de hoek te fronsen, ik weet dat het een succes was. Ik voel de sfeer en die is goed. De mensen zijn blij. Ze geven meer geld uit. Ze blijven om mij te horen spelen.

En voor iemand die nog nooit in het openbaar heeft opgetreden, maar altijd verlangde naar het contact met een live publiek, ben ik aan het zweven.

En dat heb ik te danken aan Marissa Milano.

Wanneer ik vuile blikken begin te krijgen van de obers, stop ik met spelen. Ze willen naar huis. Ik begrijp het. We moeten een betere routine bedenken. Misschien een verandering of vermindering van het personeel nadat de muziek begint.

Ik bestel een scotch en zet me weer in mijn hoekje, kijkend naar de obers die opruimen. Wachtend op Marissa.

Ik heb haar vandaag niet gesproken. We hebben niet afgesproken na haar dienst. Ik weet het niet, misschien is dit een test. Ik probeer uit te zoeken of ze aanvaard heeft dat ze van mij is of dat ik haar moet blijven achtervolgen. En of dit het moment is om door te zetten?

Deze terughoudendheid, en het afwachten en zien wat de tijd zal brengen, wordt mijn dood.

∼

Marissa

"Je hebt hem zijn zin gegeven, is het niet?" vraagt Lilah wanneer ik treuzel tegen sluitingstijd.

Henry was vanavond een nog grotere klootzak, ik denk omdat we nog geen vervanger voor Arnie hebben. Hij is tien minuten geleden zonder gedag te zeggen naar buiten gestormd. De afwasser is net weg en alle obers zijn vertrokken.

In het restaurant, begint het geluid van de piano weer.

Wat Lilah op mijn gezicht ziet, bevestigt het. "Ik wist het!" Ze balt haar vuist in de lucht alsof het een overwinning is. Ze zet me al onder druk sinds Arnie verdween en ik probeer te doen alsof ik van niets weet. "Was hij goed? Is hij goed?"

Ik kan de glimlach niet tegenhouden die zich over mijn gezicht verspreidt. "Zo goed. Een oudere man met een hoop ervaring en vijf keer zoveel testosteron goed.

Ze pakt mijn handen vast en knijpt erin. "Ooh! Ik ben zo opgewonden voor jou. Kom een beetje extra hard klaar voor mij."

"Hou je mond." Ik sla haar handen lichtjes weg. Ik weet dat ik bloos. En enthousiast ben. Alleen al de wetenschap dat Gio de hele avond aan de andere kant van de keukendeur zat, maakte me helemaal opgewonden. Toen ik hem piano hoorde spelen, vond ik het geweldig.

Nu kan ik gewoon niet wachten om hem te zien.

"Kijk even of je ervoor kan zorgen dat we opslag krijgen," plaagt ze terwijl ze naar de deur loopt.

"Heb ik al voor gezorgd," zeg ik. Ik was van plan om het als verrassing te houden, maar nu ze het er toch over heeft...

Lilah stopt. "Wat? Hou je me voor de gek?"

Ik grijns. "Nope. Drie dollar per uur."

Lilah springt op en neer, en rent terug om mijn handen weer vast te pakken. "Meen je dat nou? Dat is bijna" - haar ogen gaan omhoog terwijl ze in haar hoofd rekent - "vijfhonderd extra per maand."

Ik schud mijn hoofd. Ik had het zelf al uitgerekend. "Ik weet het."

Ze draait me om en geeft me een duwtje. "Nou, ga hem voor me bedanken." Ze beweegt haar wenkbrauwen omhoog.

Ik lach. "Zal ik doen." Mijn buik fladdert, ik duw de deur van het restaurant open en loop naar buiten. De meeste lichten zijn al uit. Er is niemand meer behalve Gio, die aan de piano zit.

Ik loop naar hem toe, met de bedoeling om naast hem op het bankje te gaan zitten, maar hij stopt met spelen en trekt me in plaats daarvan op zijn schoot.

Het gevoel dat dit het juiste is, is onmiskenbaar. Nu ik mijn twijfels over een relatie met Gio grotendeels heb losgelaten of heb genegeerd, voelt alles goed. Het plezier in de manier waarop hij me manipuleert als een bezit, als een object. Met totaal vertrouwen. Zonder het te vragen. Door het gewoon te nemen.

Ik dacht dat ik het zou haten om op deze manier behandeld te worden.

Maar ik vind het geweldig. Om zo gewild te zijn.

Vooral omdat ik geloof dat Gio mij respecteert. Mijn eigenheid respecteert.

"Ga met me mee naar huis," mompelt hij in mijn nek.

Ik kreun. "Dat kan niet." Ik moet morgenochtend werken bij Milano's omdat Mia's fysiotherapie begint en mijn grootouders in Boston zijn voor de bruiloft van een neef.

"Mag ik je dan hier neuken?" briest hij. Zijn woorden zijn grof, maar zijn handen zwerven over mijn lichaam en laten het heerlijk klinken.

"Ja," antwoord ik onmiddellijk.

Ik kan niet wachten om weer seks met hem te hebben. Iedere keer zet hij mijn wereld op zijn kop. Ik meende het toen ik zei dat hij andere mannen voor me ruïneerde. Ik zie echt niet in hoe een andere man op deze planeet dit kan evenaren.

Hij neemt nu mijn poesje vast, wrijft over mijn broek. Ik verschuif me en wrijf met mijn kont over zijn stijve pik. "Plaag me niet, schatje. Ik ben al de hele avond hard voor je, gewoon wetende dat jij daar in de keuken stond met dat lekkere lichaam." Hij bijt in mijn nek. "Dit lichaam dat van mij is."

"Ja," beaam ik, kronkelend tegen zijn aanraking.

"Zuig aan mijn pik, engel. Laat me zien dat je een braaf meisje bent."

Holy shit. Die woorden zouden me moeten beledigen, maar in plaats daarvan zetten ze mijn wereld in vuur en vlam. Ik laat me meteen op de grond glijden en ga op mijn hurken zitten, gretig wachtend tot hij zijn mannelijkheid tevoorschijn haalt.

Ik heb dan wel niet zoveel ervaring, maar ik weet wel hoe ik een goede pijpbeurt moet geven. Ik ben jong begonnen en leerde al snel hoeveel macht ik met mijn mond kon uitoefenen. Hoe het me ervan weerhield om seks te hebben voor ik er klaar voor was. Hoe het ervoor zorgde dat ze me wilde. Dat ze me hielden.

Ik pak de basis van zijn pik stevig vast, zodat die in de richting van mijn mond steekt en ik begin met over de kop te likken.

Gio's adem stokt nog voor ik hem in mijn keel heb. Dan wordt hij ruw. Hij neemt mijn haar in zijn vuist en houdt mijn hoofd in bedwang om me over zijn pik te trekken. Ik merk dat hij voorzichtig is om niet te diep te gaan, wat ik waardeer, want het is een beetje beangstigend om op deze manier de totale controle op te geven.

Ik masseer zijn ballen, beweeg mijn vingers verder naar achteren en masseer zijn bilnaad, op zoek naar zijn prostaat.

"Oh, engel. Het is zo lekker. Het is zo goed, en het is niet genoeg. Ik wil altijd in je zitten."

Hij trekt me eraf en staart met grote honger op me neer.

"Was ik een braaf meisje?" Ik weet niet wat me bezielt om dat te zeggen - in welk universum ik het sekspoesje ben geworden, maar er laaien vlammen op in zijn ogen.

"Zo verdomd goed," gromt hij, terwijl hij voor me op zijn knieën valt. "Broek uit. Leg die benen over mijn schouders."

Oh. Mijn. God.

Ik probeer mijn schoenen, broek en slipje uit te trekken terwijl Gio een condoom over zijn pik rolt. Wanneer ik me op mijn rug laat vallen op het pas gestofzuigde tapijt, tilt hij mijn benen omhoog en legt ze over zijn schouders.

"Ben je nat voor mij, Marissa?" Hij wrijft met zijn duim over mijn wenende gleufje, terwijl hij test of ik er klaar voor ben. Ik ben klaar en gezwollen voor hem, en hij kreunt wanneer hij zijn duim naar zijn mond brengt en mijn sappen opzuigt.

"Kom je iedere avond naar hier en zuig je dan aan mijn pik na je shift?" Hij wrijft een paar keer met de kop van zijn pik over mijn clitje voordat hij me met zijn erectie vult.

"Ja," fluister ik. En die belofte voelt niet aan als een leugen. Ik hou van de manier waarop het voelt om gebruikt te worden door Gio.

Hij houdt de bovenkant van mijn dijen vast en neukt me snel en hard. "Het is niet genoeg," snauwt hij verassend naar me.

En mijn eigen reactie verbaast me nog meer.

De behoefte om hem te behagen.

We hebben deze rollen aangenomen. Hij is de baas. Ik ben zijn eigendom. Ik onderwerp me aan zijn autoriteit.

"Ik wil je in mijn bed. Waarom kan ik je niet in mijn bed krijgen, Marissa?" Hij is zo snel en hard in me aan het pompen, dat ik niet kan nadenken. Dat ik niet weet wat ik moet antwoorden.

"Gio," jammer ik.

"Kom met me mee naar huis." Het is geen vraag. Het is een eis.

En toch is er smeekbede in zijn ogen te zien.

Hij wil me misschien dwingen, maar we zijn nog steeds aan het onderhandelen. Ik kan nee zeggen.

"Ik - ik moet morgenochtend werken. Bij Milano's," hijg ik.

"Ik breng je wel."

En dan ben ik plotseling overweldigd. Tranen springen in mijn ogen. Ik sluit ze zodat hij ze niet kan zien. "Ja, oké." Mijn schreeuw is hees.

Gio brult en duwt hard in me, al zijn overwinning gekanaliseerd in zijn bevrijding. Hij komt klaar en mijn spieren grijpen onmiddellijk rond zijn lengte, is zijn lichaam werkelijk de meester van het mijne. Hij duwt diep in me en blijft daar. Mijn kanaal trekt samen en melkt zijn pik uit in golven van heerlijke bevrijding. Wanneer ik eindelijk stop, schommelt Gio nog een paar keer heen en weer en trekt zich dan terug.

"Marissa?"

Ik heb mijn oogleden nog steeds niet geopend. De bezorgdheid in zijn stem maakt dat ik ze nu met tegenzin opendoe. Tranen lopen over mijn slapen, in de richting van de vloer.

"Oh, verdomme, schatje. Heb ik je pijn gedaan?"

Ik schud met mijn hoofd.

"Wat heb ik gedaan?" Hij haalt mijn tranen aan één kant weg met zijn duim. "Je hoeft niet met me mee naar huis te gaan. Ik meende het niet, engel. Ik ben een sukkel, bambina. Het spijt me."

Ik schud mijn hoofd. "Nee, dat is het niet." Mijn stem wiebelt.

"Schatje, zeg het me. Heb ik je pijn gedaan? Was ik te ruw?"

"Je was perfect," zeg ik snel om zijn gedachtegang te stoppen. "Dat ben je altijd."

Hij neemt mijn wang in zijn hand. Het gebaar is oneindig zacht, de tederheid in tegenstelling tot zijn gebruikelijke stevige, controlerende aanraking. "Wat is er?" Het alarm is nog steeds te zien in zijn ogen.

Ik slik. "Het voelt... gewoon goed."

Hij laat zijn hoofd opzij zakken om me te bestuderen. "Wat dan?"

"Om zo gewild te zijn. Het voelt gewoon goed, dat is alles." Ik duw mezelf overeind om te gaan zitten, beschaamd door mijn tranen.

Gio neemt mijn gezicht in zijn handen. "Wie heeft je ooit het gevoel gegeven dat je niet gewild was?" En dan gokt hij: "Die bitch van een moeder van je?"

Ik huiver, maar knik, terwijl ik me afvraag hoe hij dat weet. Maar hij komt al sinds hij een kind was bij Milano's. Hij weet vast nog wel dat ik er opeens was, de verlaten dochter van een aan drugsverslaafde moeder.

Hij schudt zijn hoofd. "Het stomste wat ze ooit gedaan heeft, was weglopen van jou." Zijn uitdrukking wordt chagrijnig. "Het enige wat ik ooit heb willen doen is achter je aan rennen. En ik word moe van mezelf tegen te houden."

Ik toon hem een waterige glimlach. "Ik moet toegeven, ik word graag achtervolgd. Veel te graag."

Gio trekt me tegen hem aan, schrijlings over zijn schoot. "Is dat de reden waarom je blijft weglopen?" Er is een serieus randje aan zijn stem dat dwars door mijn verdediging gaat. Het verscheurt de dunne muren die rond mezelf had opgebouwd.

"Nee," geef ik toe.

Hij strijkt met zijn handen op en neer over mijn rug. "Waarom dan? Omdat ik een Tacone ben?"

Ik laat mijn voorhoofd tegen zijn borst zakken. Ik wil het niet toegeven. Ik weet dat het hem pijn zal doen. Hij mag dan een stoere familieman zijn, maar hij gaat makkelijk in de verdediging - bij mij in ieder geval toch. "Het spijt me, Gio," fluister ik.

"Kijk me aan," beveelt hij.

Ik wil het niet.

Ik wil het echt niet.

Maar hij wacht tot ik mijn hoofd ophef en zijn blik ontmoet.

"Ik kan de familie waarin ik geboren ben niet veranderen. En ik kan niet veranderen wat ik ben geweest. De dingen die ik heb gedaan. Maar ik wil dat je weet dat de dingen nu anders zijn. Onze vader zit in de gevangenis. Nico heeft ons een fortuin bezorgd met een legaal casino/hotel. En na dat bratva gedoe vorig jaar, heeft Junior al onze overgebleven zaken in Chicago stopgezet." Hij tilt zijn armen op, alsof hij me zijn lichaam wilt laten zien. "Kijk - ik heb het pistool in de auto laten liggen. Ik liet je baas leven, engel. Ik ben veranderd. Ik was vorig jaar bijna dood. En ik heb het sindsdien erg moeilijk gehad om de zin van het leven te vinden. Maar nu denk ik dat ik het gevonden heb."

Mijn blik dwaalt af naar de piano, maar hij pakt mijn kin vast en richt die terug naar hem. "Nee, niet de piano. Hoewel die ook prachtig is. Nee, jij bent het, schatje. Jij brengt me weer tot leven. Dat moet de reden zijn waarom ik over je bleef dromen. La Madonna liet me zien wat het leven waard was."

Ik barst in tranen uit en Gio trekt me stevig tegen zich aan. Ik sla mijn armen om zijn nek met een wurgende greep.

"Ik wil je houden, schatje. Ik moet alleen nog uitzoeken hoe ik jou kan overtuigen."

"Ik ben al overtuigd." Ik snuif tegen zijn nek. "Ja, ik ben al overtuigd. Neem me mee naar jouw huis, Gio."

HOOFDSTUK ELF

Gio

Ik wil Marissa niet wakker maken. Haar gezicht is zo zacht en onschuldig en ze heeft maar vijf uur geslapen. Maar ze moet Milano's openen en ik heb gezegd dat ik haar daar naartoe zou brengen.

Toch beweeg ik niet. Ik bekijk haar alleen maar. Ik had weer een nachtmerrie. Werd wakker in het koude zweet van de gruwel om haar te zien met een pistool tegen haar hoofd.

Maar ze is hier. In mijn bed. Veilig en wel.

Waar ik haar voor altijd wil hebben. Waar ze thuishoort. Ik moet alleen nog uitzoeken hoe ik haar daarvan kan overtuigen.

Ik geef kusjes langs haar haarlijn. "Wakker worden, engel. We moeten gaan."

"Hmm? Mmm." Haar oogleden knipperen, maar ze valt weer in slaap.

"Ik wou verdomme dat ik je kon laten slapen, popje,

maar ik heb je beloofd dat ik je op tijd naar Milano's zou brengen."

"Hmm?" Ze gaat rechtop zitten bij het woord Milano's. "Oh. Ja. Dank je." Haar glimlach is lief en verdomd vriendelijk. Ik wil haar kussen, maar als ik dat doe, zal ik haar het komende uur vasthouden, me tussen haar benen tegoed doen en daar is geen tijd voor.

"Het spijt me, bella. Ik haat het om je wakker te maken."

"Nee, het is oké." Ze haalt een slappe hand door haar haren. "Dank je."

Ik geef haar de latte die ik de portier heb laten halen en help haar uit bed.

"Gio." Ik hou van haar stem die nog hees is van het slapen. "Je bent zo goed voor me. Dank je."

"Wen er maar aan, schatje," zeg ik haar, terwijl ik haar blote, mooie kont een lichte tik geef wanneer ze opstaat. "Ik zal je blijven verwennen. Ben je klaar om me eindelijk toe te laten?"

Ze probeert haar spijkerbroek aan te trekken maar ze stopt en knippert naar me. "Ja."

Ik geef haar een licht kusje op haar kin. "Goed zo meisje." Ik verlaat de kamer om haar niet af te leiden van het aankleden. Wanneer ze tevoorschijn komt, gaan we samen naar beneden, mijn vingers met de hare verstrengeld.

Ik hou van dit gevoel. Het gevoel de baas te zijn over Marissa. Haar wakker te maken, haar weg te brengen naar waar ze moet zijn. Ik heb nog nooit iemand gehad om voor te zorgen. Ik heb dat nooit gewild. Daarom ben ik ook niet op zoek gegaan naar de juiste vrouw en een gezin.

Maar dit - dit voelt zo goed. Zo goed.

Ik breng haar naar Milano's, probeer uit te zoeken hoe

ik haar kan helpen. Dit meisje werkt te hard. En ik ben een klootzak, want ik wil meer van haar tijd.

"Dus, Milano's. Wat is er voor jou nodig om daar te kunnen stoppen?"

Ze zucht terwijl ze haar haren bovenop haar hoofd in een knot draait met een scrunchie. "Mia die opgroeit om mijn tante te helpen in de zaak."

Ik snuif. "En Mia is wat? Acht jaar oud?"

"Ja."

Ik schud met mijn hoofd. "Je moet wat verder nadenken, schatje. Jij gelooft dat er maar één manier is om je dienst daar te beëindigen. Het was net zoals ik die dacht dat geweld de enige manier was om met je klotebaas om te gaan. Ik had het perspectief van iemand anders nodig om in te zien dat er andere opties zijn. Misschien kan ik je dat bieden."

Ze schudt haar hoofd. "Ik weet het niet, Gio. Ik probeer al heel lang een uitweg uit deze gevangenis te vinden. Ik hou van mijn grootouders. Ik ben ze alles verschuldigd. En Milano's is hun enige bron van inkomsten. Ze bezitten het gebouw niet, dus het is niet zo dat ze het kunnen verkopen en met pensioen kunnen gaan. De buurt is naar de klote, dus nieuwe klanten of investeerders vinden is echt moeilijk. We verdienen niet eens genoeg om iemand anders een minimumloon aan te bieden. En mijn grootouders hebben niet veel sociale zekerheid omdat ze nauwelijks hebben bijgedragen aan het systeem. Trouwens, we kunnen Milano's niet sluiten, want het is ook de broodwinning van mijn tante."

"Je tante kan een andere baan vinden en evenveel verdienen," herinner ik haar eraan. "Als jullie jezelf niet eens het minimumloon betalen, zou ze ergens anders meer kunnen verdienen.

"Dat is waar. Maar dan kan ze niet haar eigen uren bepalen. Vrij nemen wanneer dat nodig is."

"Ja, maar als ze vrij neemt, moet jij haar dienst overnemen. Dus ik zie dat niet als een argument om open te blijven."

Marissa's schouders zakken nog meer naar beneden.

Ik buig me voorover en knijp in haar knie. "Maak je geen zorgen. We vinden wel een andere oplossing. We moeten alleen het pensioen van je grootouders regelen."

"En hen overtuigen dat het tijd is om met pensioen te gaan - ja."

Het lijkt me makkelijk. Ik doe gewoon een bod om de zaak te kopen voor veel meer dan het waard is. Maar als ik het goed begrijp - heeft Luigi, waarvan we al die jaren dachten dat hij een vriend was, een hekel aan de Tacones. Dus de kans dat ik dit goed kan laten aflopen, is erg klein.

"Ik zal mijn best doen," zeg ik haar.

Ze werpt me een achterdochtige blik toe. "Doe alsjeblieft geen gekke dingen zonder eerst met mij te overleggen? Mijn grootouders zijn... vastgeroest in hun gewoontes."

"Is dat codetaal om te zeggen dat je grootouders me haten?"

Ze huivert. "Een beetje."

Fuck.

Ik moet dit Tacone probleem oplossen. Als ik Marissa wil houden, moet ik vrede sluiten met haar grootouders. Anders zal ik haar misschien nooit kunnen overtuigen dat ik het waard ben.

"Je kan me gewoon vooraan afzetten," zegt ze, maar ik negeer haar en parkeer de SUV. Ik pak de sleutels uit haar hand om de deuren van het slot te halen en loop met haar naar binnen, terwijl ik alle hoeken controleer op indringers en haar dan meesleep naar de keuken. Als ze de schalen met eten uit de grote koeling haalt om in de uitstalkast te zetten, doe ik hetzelfde.

"Wat ben je aan het doen?"

"Ik help je om de zaak te openen," zeg ik, ook al lijkt dat nogal voor de hand liggend.

Ze blijft weer stilstaan en knippert de tranen weg. "Hou je me voor de gek?"

"Hé." Ik schud mijn hoofd. "Geen tranen meer. Ik zei dat je eraan moest wennen. Ik sta achter je. Ik ben hier voor jou. Capiche?"

Ze blijft snel knipperen. "Oké," zegt ze zacht. Dan laat ze een waterig lachje zien. "Je bent zo onvoorspelbaar, Gio."

Ze zet het eten klaar en maakt een pot koffie, daarna doet ze de deur van het slot zodat de klanten binnen kunnen komen. Ik ga in de hoek zitten wanneer een paar oudere mannen binnenkomen, duidelijk vaste klanten, want ze noemen haar bij naam. Ze brengt hen hun eten.

Ik hou de krant vast zonder er echt in te lezen, nog steeds bezig met hoe ik Luigi voor me kan winnen.

Marissa verschijnt voor me met een dampende espresso en een stukje spek met eieren en kaas op een bord.

"Mmm." Ik sla mijn arm om haar middel en trek haar dichter tegen me aan. "Ik vind het fijn als je me bedient," mompel ik zachtjes zodat niemand anders het kan horen.

"Ik vind het leuk als jij me dat laat doen," mompelt ze terug, en slaat dan een hand voor haar mond.

Ik laat haar een begrijpend lachje zien, terwijl ik me herinner hoe ik haar gisteravond het bevel gaf om op haar knieën te gaan zitten. Hoe opgewonden ze werd van mij te pijpen. Ze houdt er echt van om mijn bezit te zijn. Met een beetje meer vertrouwen tussen ons, zal ze zich volledig overgeven aan die verlangens, wetende dat ik nooit misbruik zal maken van de eer om haar eigenaar en beschermer te zijn.

"Je hoeft niet te blozen als je me vertelt hoe je het lekker vindt, engel," mompel ik, nog stiller, om haar te laten weten dat ik begrijp dat we het hier over seks hebben.

De blos verspreidt zich over haar borst en in haar nek. Haar tepels worden hard, zichtbaar zelfs door haar beha heen.

Ik knijp in haar heup en laat haar los voordat de andere klanten nieuwsgierig worden. "Hoe laat ben je vrij?"

Ze schudt haar hoofd. "Mijn tante heeft beloofd om op tijd terug te zijn, zodat ik kan douchen en naar Michelangelo's kan gaan voor mijn shift daar."

Verdomme. Mijn meisje werkt veel te hard.

Ik moet dit voor haar oplossen.

HOOFDSTUK TWAALF

Marissa

"Denk maar niet dat je niet in grote problemen zit," bromt Gio, terwijl hij me om mijn middel grijpt wanneer ik zijn appartement binnenkom met mijn karretje vol eten.

Ik ben te laat. En ik moest het verzetten omdat ik gisteren naar Michelangelo's moest op mijn vrije dag.

God help me, ik vind het leuk om problemen met hem te hebben.

De afgelopen twee weken hebben we waanzinnige seks gehad. Iedere dag seks, meerdere keren en het is altijd goed. Maar mijn favoriete momenten zijn wanneer hij een beetje geïrriteerd of gefrustreerd is door mij. Wanneer ik hem zeg dat ik de nacht niet met hem kan doorbrengen, of wanneer ik hem emotioneel wegduw.

Dan wordt hij agressiever. Meer dominant. Dan wil hij me straffen. Dan geeft hij me rode klappen op m'n kont en stoot hard in me. Dan is zijn greep ruw en zijn passie vurig heet.

Het is een vreemde paradox. Ik hou ervan als hij boos is, maar ik hou er niet van om hem ongelukkig te maken. Ik wil niet dat hij echt geïrriteerd is door mij. Of gekwetst wordt.

Ik draai me in de cirkel van zijn armen en kijk naar hem op. "Het spijt me," mompel ik met mijn beste sekspoesstemmetje. "Je mag me er later voor straffen." Ik bijt in zijn kin.

Zijn arm wordt strakker om me heen. Ik zie hoe zijn hazelnootkleurige ogen zwart worden en zijn pupillen verwijden. "Wees er maar zeker van dat ik je zal straffen." Zijn pik wordt hard en duwt tegen mijn buik. "Ik ga je de hele nacht straffen. Kom hier, schatje."

Hij gooit me over zijn schouder.

"Aah! Gio!" Ik gil en giechel wanneer hij me naar de slaapkamer draagt. "Heb je geen honger?"

"Ik heb altijd honger, engel. Voor jou, voor jouw maaltijden. Voor dit poesje." Hij gooit me op het bed en trekt mijn rok omhoog tot aan mijn middel. "Oh fuck, bambina."

Ik heb een rok en hakken aangetrokken omdat ik weet dat hij het leuk vindt als ik me voor hem mooi aankleed en vanavond heb ik zwarte dijenhoge kousen aan.

Gio wrijft over zijn gestoppelde kaak. "Dat is te fucking sexy." Hij laat zijn handpalmen langs de buitenkant van mijn benen gaan. "Dit is een lange weg in de richting van vergeving, engel."

De warmte bouwt zich op tussen mijn benen en ik kronkel al. Hij schuift een duim onder de zoom van mijn slipje en streelt langs de bovenkant van mijn dij. "En het slipje past erbij. De beha ook?"

Hij is plotseling lief wanneer hij de kleine knoopjes van mijn blouse losmaakt, maar wanneer die eenmaal open is, gooit hij hem wijd open. "Fuck, ja."

Ze passen bij elkaar. Alles is van zwart satijn en kant.

"Je hebt geluk dat je zo mooi bent, schatje. Weet je dat? Je bent zo mooi als maar mogelijk is."

Ik rol met mijn heupen op het bed, hongerig naar zijn aanraking. "Waarom heb ik geluk?"

Zijn grijns is boosaardig. "Omdat ik je huid nauwelijks wil markeren."

Een rilling loopt over mijn ruggengraat. Ik weet dat dit over seks gaat en toch is er altijd het gevaar dat in mijn achterhoofd zit. Gio is waarschijnlijk een moordenaar. Hij kent geweld. En het beangstigt me, maar het versterkt ook iedere interactie die wij hebben. Het risiconiveau verhoogt de intensiteit.

"Maar wat als ik wil dat je me markeert?" Plaag ik, terwijl ik op mijn buik rol en over mijn schouder naar hem kijk. "Ga je me dan niet slaan?"

Gio's glimlach is verwilderd. "Zeker wel. En ik ga die kont vanavond neuken. Maar eerst ga ik je eraan herinneren aan wie je toebehoort."

Weer een rilling.

"Hoezo, Gio?" Mijn stem klinkt hees, vol lust.

Hij ritst mijn rok los en trekt hem uit, dan trekt hij mijn slipje naar beneden. "Steek je kont in de lucht."

Ik begin op handen en knieën te kruipen, maar hij pakt me bij mijn nek vast en duwt mijn hoofd weer naar beneden. "Op je knieën, engel. Hou die borsten op het bed."

Mijn poesje is helemaal nat van opwinding.

Gio houdt zijn hand tegen mijn nek, houdt me vast, ook al beweeg ik niet en slaat me op mijn kont. Zoals altijd, is zijn eerste slag het ergst. Heet en hard. Schokkend en luid. Dan past mijn lichaam zich aan. Mijn kont warmt op.

Maar net wanneer het goed begint te voelen, stopt hij. "Niet bewegen, engel."

Wanneer hij het glijmiddel pakt, denk ik dat hij mijn

kont gaat neuken, maar dan haalt hij een rond roestvrijstalen voorwerp tevoorschijn. Ik heb er nog nooit eentje in het echt gezien, maar er is geen twijfel mogelijk wat het is. Ik bloos alleen al bij het zien ervan.

"Dit is wat er gaat gebeuren, schoonheid." Hij druppelt glijmiddel over mijn kontgaatje en wervelt dan het uiteinde van de kontplug erin. "Je gaat dit bijhouden terwijl je mijn eten klaarmaakt." Hij duwt hem tegen mijn opening, dwingt hem een centimeter naar binnen en ik kreun bij het binnendringen. "En ik ga toekijken hoe je door mijn keuken paradeert in niets anders dan je sexy stringetjes, bh en deze plug. Diep inademen."

Ik adem in.

"Uitademen."

Ik blaas mijn adem uit en hij duwt de plug naar voren tot hij me wijd uitrekt en dan, gelukkig, zijn plaats vindt. Het resultaat is een constante druk op mijn anus en een vol gevoel vanbinnen.

"En nu rechtstaan." Hij geeft me een lichte tik.

Ik beweeg langzaam, bijna bang dat de plug zou verschuiven. Iedere beweging zorgt voor een nieuwe prikkel in mijn anus. "Oh, jongen."

Gio legt zijn hand op mijn onderrug en trekt me tegen zich aan. "Ben je oké?"

Ik hou ervan dat hij vraagt hoe het met me gaat, vooral na zo dominant te zijn geweest.

"Ja," adem ik.

"Ga dan naar mijn keuken." Hij geeft me nog een lichte klap op mijn kont en ik schuif naar voren, rillend van de rijkdom aan sensaties die door mijn lichaam giert. Na een paar stappen ben ik gewend aan de plug en begin ik met mijn kont te wiegen, wetend dat hij achter me loopt en me bewondert.

"Dat is het, schoonheid. Doe het voor mij."

Dat doe ik. Ik loop door de keuken terwijl ik twee heerlijke entrecotes klaarmaak met gebakken champignons en een rucola-druivensalade met geplette hazelnoten. Ik ben overtuigd van mijn maaltijdkeuze en nog meer overtuigd van mijn aantrekkingskracht. Door Gio, ben ik een seksueel wezen geworden. Ik weet het niet - het is alsof ik mijn lichaam niet echt kende tot hij langskwam en het wakker maakte. Nu aanbid ik mijn huid. Ik kijk in de spiegel, geniet van mijn reflectie, waardoor ik meer geneigd ben om make-up te gebruiken en iets met mijn haar te doen. Omdat het leuk is, niet omdat ik denk dat het moet.

Ik word verliefd op Gio Tacone.

Dat is het ongelukkige feit.

Ongelukkig omdat ik hem nog steeds niet volledig durf te vertrouwen. Mijn grootvader heeft zijn hele leven over de Tacones gezeurd en me gewaarschuwd nooit met de maffia in zee te gaan. Het is moeilijk om niet bang te zijn dat ik een grote fout maak.

Maar dat is mijn verstand.

Mijn hart? Mijn hart heeft al besloten.

Hij heeft de sleutels.

En mijn lichaam? Hij had dit lichaam al vanaf de eerste dag.

Hij zit nu aan de ontbijtbar, bedekt zijn mond en zijn ogen als brandende kolen. Zijn lichaam is een opgerolde spiraal, klaar om te veren. Spanning en verwachting knetteren in de lucht tussen ons.

Ik werk de maaltijd efficiënt af en werp Gio dan een smekende blik toe. "Je gaat me dit toch niet laten dragen tijdens het eten?"

Ik weet niet hoe ik Gio's bedreiging kan geloven, want de manier waarop zijn gezicht onmiddellijk verzacht is adembenemend. "Kom hier, engel." Hij strekt een arm uit.

Ik schuifel de keuken uit en hij slaat een arm om mijn middel en begeleidt me naar de slaapkamer.

"Klaar voor je straf?" spint hij.

"Ja, meneer de baas."

"Meneer. Eigenaar. Meester. Baas. Elk van die woorden werkt." Hij heeft een zelfvoldane grijns op zijn knappe gezicht en mijn hartslag versnelt van opwinding. Hij pakt mijn hand vast en duwt die tegen de bobbel in zijn broek. "Hoewel ik nu zou kunnen zeggen dat jij mij net zo veel bezit als ik jou bezit, engel."

En op dat moment wist ik het zeker -

Ik ben totaal, volledig, halsoverkop verliefd op Gio Tacone.

HOOFDSTUK DERTIEN

Gio

MARISSA EN IK LOPEN 'S MORGENS LANGS DE KUST MET DAMPENDE KOFFIE. De lucht is fris, maar de zon schijnt fel en glinstert in zilveren strepen op de golven.

Alles wat ik in mijn leven gedaan heb - al de goede dingen tenminste - wil ik overdoen met Marissa aan mijn zijde.

Ik wil haar meenemen naar Vegas en haar het Bellissimo laten zien. Ik wil haar meenemen naar Sicilië en haar het oude land laten zien. Ik wil haar meenemen naar de lekkerste restaurants. Al de mooie stranden. Alle prachtige bezienswaardigheden die deze wereld te bieden heeft.

Voor nu, neem ik genoegen met een wandeling langs Lake Michigan.

Ik verstrengel mijn vingers in de hare, genietend van het vertrouwen tussen ons. De warmte in mijn lichaam, van haar onder me te hebben. Om haar daarna weer tegen de douchewand te nemen.

Het beeld van haar, dansend in mijn keuken met die sexy kousen en beha en mijn handafdrukken op haar kont, zal voor altijd bovenaan mijn seksalbum staan.

Maar Marissa wordt nu gespannen, nerveus. Wat betekent dat ze om de één of andere reden naar huis moet.

Ik maak het haar gemakkelijk. "Hoe laat moet ik je terugbrengen, engel?"

"Eigenlijk snel. Mijn grootouders zijn naar een bruiloft en ik moet op Mia passen, mijn kleine nichtje."

"Ik pas wel samen met jou op haar."

Marissa verstijft en blijft stilstaan. "Eh, nee. Dat hoef je niet te doen, Gio."

"Ik wil het echt. Ik heb het kind met de heup van dertigduizend dollar nog niet ontmoet."

Het moet een grapje voorstellen, maar het mislukt, omdat Marissa het opvat als een herinnering aan wat ze me schuldig is.

Ze slikt. "Nou, natuurlijk. Ik bedoel, ik denk dat je wel even binnen mag komen."

"Als ik maar weg ben tegen de tijd dat je grootouders terugkomen?"

Ze kijkt eerst opgelucht, tot ze beseft dat ik niet blij ben met haar gedachtegang. "Shit, Gio. Neem me dit nou niet kwalijk."

Ik ben verdomme geroosterd wanneer ze die smekende blauwe ogen op mij richt. Ze is zo ongelofelijk mooi en raadselachtig. Het ene moment is ze lief en onderdanig, het volgende moment slaat ze me verrot. Soms lijkt ze veel te jong voor me. Andere keren is ze de meest volwassen vrouw waar ik ooit mee ben uitgegaan.

Ik neem haar nek vast en breng haar gezicht naar het mijne voor een kus. "Oké," zeg ik nadat ik haar lippen met de mijne heb gestreeld. "Ik zal het je niet kwalijk nemen." Ik wil meer zeggen, maar ik vind de manier waarop haar lichaam zich zachter tegen het mijne keert veel te mooi. Ik wil niet dat ze weer gespannen wordt. Dus ik kus haar en loop met haar terug naar mijn huis om de SUV te halen.

Marissa speelt onderweg met de radio. Ik vind het leuk dat ze zich op haar gemak voelt bij mij. Er is meer vertrouwen tussen ons dan ooit tevoren. Ik moet gewoon geduldig met haar zijn. Bewijzen dat ik het waard ben.

Dat kan ik.

Wanneer we bij haar grootouders zijn, wordt ze weer nerveus. Ik pak haar hand wanneer we de stoep oplopen en die voelt klam aan.

Ik wil haar bijna zeggen dat ze dit niet hoeft te doen. Als ze zich ongemakkelijk voelt wanneer ze me mee naar huis neemt, dan hoeft het voor mij niet. Maar dit is een kleine stap. We hebben dit nodig.

"Lori, Mia, ik ben thuis!" roept ze wanneer we binnenkomen.

Haar tante stormt naar buiten. "Oh goed, ik was net gewonnen -" Ze breekt haar zin af wanneer ze me ziet en bevriest terwijl ze een oorbel indoet. "Ah... uhm..."

"Je kent Gio, toch? Van het café?"

De mond van haar tante hangt open. "Eh, ja. Tuurlijk. Natuurlijk." Ze werpt Marissa een vragende blik toe wanneer haar dochter naar buiten komt, een beetje hinkend.

"Hey, jij moet Mia zijn," zeg ik en ik geef haar een brede grijns.

Ze kijkt me met een verlegen glimlach aan. "Hoi."

Ik steek mijn hand uit voor een handdruk. "Ik ben Gio. Ik ben een vriend van je nichtje."

"Vriendje?" vraagt Mia, die aarzelend naar voren stapt om haar kleinere hand in de mijne te leggen.

Ik schud haar hand even en laat dan los. "Ja. Vriendje."

Lori trekt met een verbijsterde blik haar wenkbrauwen op naar Marissa.

Marissa haalt haar schouders op. "Yep." Het lukt haar niet helemaal om nonchalant te zijn.

"Kan ik even met je praten?" vraagt Lori, terwijl ze haar hoofd in de richting van een slaapkamer beweegt.

Marissa volgt haar naar binnen en ik hoor hun gefluisterde ruzie. "Ga je uit met een Tacone? Ben je helemaal gek geworden? Is dit degene met wie je al die tijd hebt doorgebracht? Hij?"

"Nou en? Het zijn mijn zaken."

"Oké, zelfs als dat waar was, wat dacht je dan toen je hem hierheen bracht? Ben je gek geworden? Ik bedoel, ten eerste, Nonno zou een hartaanval krijgen als hij het wist. En ten tweede - ik wil hem niet in de buurt van mijn kind."

Ik loop zachtjes naar de deuropening en leun er met mijn schouder tegen. "Ik eet geen kinderen," zeg ik zachtjes. "In tegenstelling tot wat velen denken."

Lori hapt naar adem en haar gezicht wordt bleek. Cristo. Ik haat dit gevoel. Het is niet nieuw - ik ben de slechterik van de buurt sinds ik een kind was. Ik ben opgevoed om er trots op te zijn dat ik de slechterik ben. Alleen voelde het nooit goed aan voor mij. Alsof ik diep vanbinnen wist dat ik niet de slechterik was. Ik deed maar alsof. Maar zo werkt het niet, toch? Ik heb al eerder de trekker overgehaald. Voor mannen die het verdienden - alleen voor slechteriken. Ik heb mijn vuisten vaak gebruikt om een punt te maken of om gerechtigheid te krijgen. Dus ja. Ik ben de slechterik.

Maar met Marissa... voel ik me als iets anders. Meer mezelf. Misschien zelfs iets goeds.

"Ik zou nooit iemand van deze familie kwaad doen. Lo prometo. Je hebt mijn woord." Ik haal adem, ik weet dat het te vroeg is, maar ik wil het toch gezegd hebben. Ik zeg wat ik van plan was tegen Marissa's grootouders te zeggen. "Ik ben verliefd op je nichtje, Lori. Je familie is nu belangrijk voor mij. En ik zorg ervoor dat de zaken van mijn familie jou nooit meer zullen beïnvloeden."

Lori laat een zuchtje lucht ontsnappen en slikt. Ik kan zien dat ze me niet gelooft, maar misschien te bang is om me tegen te spreken.

Marissa is ook bleek geworden, maar ik denk niet dat het door angst is. Er is verwondering in haar blik te zien, samen met nog een restje wantrouwen.

"Geef me gewoon een kans, hè? Mag ik dat van je vragen? Ik zal je bewijzen dat ik Marissa goed zal behandelen. Ik zal haar nooit pijn doen."

Marissa knippert snel met haar ogen wanneer ik iets aardigs voor haar doe.

Lori knijpt haar lippen op elkaar maar pakt met een instemmende zucht haar tas op. Ze hangt hem over haar schouder en kijkt naar Marissa, niet naar mij. "Je gaat dit nooit aan Nonno verkocht krijgen. Nooit." Hoofdschuddend loopt ze de kamer uit.

Marissa richt haar blauwgroene ogen op mij, die helder zijn van ingehouden tranen.

Ik open mijn armen. "Kom hier, engel. Het spijt me dat dit zo moeilijk is. Echt waar."

"Nee, het spijt mij," snuift ze, terwijl ze zich door mij laat vasthouden. Maar ze vermant zich bijna onmiddellijk en duwt zich van me weg. "Kom op, Mia is daar."

We vinden Mia terug op de bank, televisiekijkend.

Ik ga naast haar zitten. "Waar kijk je naar?"

"The Flash," vertelt ze me. "Het staat op Netflix. Ik heb elke aflevering al gezien, maar ik ben opnieuw begonnen."

"Flash, hmm? Ik heb nog nooit van hem gehoord. Ik vermoed dat hij supersnel is?"

"Yep, supersnel. Hij moet dat pak dragen, anders raakt hij gewond door de wrijving."

"Cool."

Marissa loopt rond, ruimt op, zet het vuilnis buiten en werkt wat in de keuken.

Ik til mijn kin op in de richting van de keuken. "Is ze altijd aan het werk?"

"Altijd, altijd," zegt Mia. "Mijn moeder zegt dat ze geluk heeft dat ze nog jong is, maar dat ze op haar dertigste al opgebrand zal zijn."

Ik wrijf over mijn kin. Niet als ze de mijne is.

De aflevering is afgelopen en Mia drukt op pauze voordat de volgende aflevering begint. "Wil je een spelletje spelen?"

"Verdomme, ja- ik bedoel, ja ik wil een spelletje spelen, mevrouwtje. Wat voor spelletjes heb je? Speel je met de kaarten?"

"Ja!" Ze staat op, loopt naar de hal en komt terug met een spel kaarten. "Wat wil je spelen?"

Ik houd haar vast met een schijnbaar serieuze blik. "Speel je poker?"

Ze giechelt. "Nee."

"Wil je het leren?" Ik graai in mijn zak en haal een pakje geld tevoorschijn. "Het gaat om gokken en geld. Je hebt de kans om veel te winnen, liefje."

Ja, ik sta nooit boven omkoperij. Vooral als er een kind bij betrokken is. Geld, snoep of verboden activiteiten zullen altijd hun aandacht trekken.

Ik tel vijf biljetten van tien dollar en steek ze naar haar uit. Haar ogen worden groot en ze reikt ernaar, stopt dan halverwege en gooit een schuldige blik in de richting van de hal.

Shit. Is dit kind ook tegen mij opgezet?

"Het is oké. Je mag het aannemen." Ik blijf het geld voor me houden.

Ze neemt het aan omdat ze het wil natuurlijk.

Ik tel nog eens vijftig in tientjes en leg ze voor me neer. "We hebben geen pokerfiches, dus we spelen gewoon om de biljetten hier."

"Marissa, engel," roep ik naar de keuken. "Kom en speel poker met ons."

Ze komt de hoek om met een bord vol appelschijfjes en pindakaas met rozijnen. "Ik weet niet hoe ik moet pokeren."

"Mmm." Ik pak een appelschijfje en dip het in de pindakaas. "Zijn deze voor mij?" Ik pak het bord en bied het Mia aan, trek het terug wanneer ze er een paar keer naar grijpt en zet het dan voor haar neer. "Mia weet ook niet hoe het moet, dus ik zal het jullie allebei leren. Ik moet jullie klaarstomen voor als ik jullie meeneem naar Vegas."

Marissa werpt me een verbaasde blik toe, maar haar wangen kleuren alsof ze opgewonden is door die verklaring. Mooi zo. Ze wil gaan.

Ik geef Marissa ook een beginbedrag van vijftig dollar en leg de regels van het spel uit, waarbij ik voorbeelden geef van winnende handen. "Dit is een full house. Dit is two of a kind. Dit is -"

"Wacht, wacht, wacht. Ik heb een notitieboekje nodig om dit op te schrijven. Ik denk niet dat ik het kan onthouden."

"Ik heb geen notitieboekje nodig," verklaart Mia.

"Denk je dat je het kunt onthouden?" vraag ik haar met een brede glimlach.

"Ja."

"Goed. Dan laten we Marissa zien hoe het gaat. De eerste paar handen spelen we zonder geld en met open kaarten om te oefenen. Daarna spelen we voor geld." Ik trek mijn wenkbrauwen op en Mia lacht tevreden naar haar stapeltje geld.

"Als ik win, mag ik het geld dan houden?"

"Oh ja. Zeker weten. Dat is net wat het leuk maakt."

"Ook al was het jouw geld om mee te beginnen?"

"Het is jouw geld nu. Jij kan het verliezen."

Ze pakt het geld vast en doet alsof ze het in haar zak stopt. "Vergeet het maar, ik speel niet mee," zegt ze.

Ik lach - een diepe lach vanuit mijn buik, die me verrast. Ik weet niet wanneer ik eerder zo gelachen heb, maar deze humor van een achtjarige heeft me verrast.

Marissa lacht ook, met haar zachte ogen op mij gericht.

Ik hou verdomme van die blik. Ik wil het iedere. Fucking. Keer. Zien.

We spelen vijf of zes rondjes met de kaarten tot ik zeker weet dat ze het onder de knie hebben en dan leer ik ze inzetten.

Marissa is voorzichtig met haar geld, maar Mia gaat er meteen tegenaan, ze zet de biljetten in en houdt haar kaarten dicht bij haar gezicht.

Ze wint de eerste hand en is zo enthousiast dat ze op en neer springt, dan naar adem hapt van de pijn en weer op de bank neervalt.

"Gaat het, schatje?" Marissa rent naar haar toe om haar te helpen, ook al zit ze al neer. "Heb je je bezeerd?"

"Ik vergeet mijn slechte heup altijd," zegt Mia met een wrange glimlach tegen me. "En dan doet het weer pijn."

"Nou, ik hoop dat je zoveel mogelijk positieve dingen uit deze situatie haalt," zeg ik tegen haar. "Je weet wel, zorgen dat ze je chocoladetaarten brengen en zo."

Ze giechelt.

"Mijn moeder heeft vorig jaar een heupoperatie ondergaan en ze was de meest veeleisende patiënt ooit. We hebben een heleboel verpleegsters gehad voordat mijn broer er eindelijk eentje vond die zich tegen haar verzette en niet met zich liet sollen."

"Was dat Desiree?" vraagt Marissa.

Ik glimlach naar haar. "Ja dat was Desiree. Zo heeft Junior haar ontmoet. En daarna was ze mijn verpleegster toen ik een ongeluk had," zeg ik tegen Mia.

"Ongeluk, ja," zegt Marissa, terwijl ze haar blik op mijn litteken laat vallen. De flikkering van het trauma is zichtbaar voordat ze het kan verbergen.

"Kom op, laten we nog een hand spelen," zeg ik. "Eens kijken of we wat geld kunnen terugwinnen van die kleine kaartspeler hier."

Mia kakelt van plezier terwijl ze zich achterover laat vallen en een appelschijfje in haar mond stopt.

Ik win de volgende hand en daarna wint Mia er nog twee. Wanneer Marissa geen geld meer heeft, haal ik nog wat uit mijn zak.

Het maakt haar een beetje ongemakkelijk, geld van mij aannemen. Mensen hebben allerlei problemen met geld. Sommigen worden er geil van. Sommigen haten het. De meesten hebben er een haat-liefde verhouding mee. Dat is ook het geval bij Marissa. Ze ademt sneller bij het zien van veel geld, maar ze fronst ook afkeurend haar wenkbrauwen. Een afkeer, wanneer ze het aanneemt, alsof ze de vrucht heeft gegeten die haar de volgende zeven maanden in de hel zal doen belanden.

De volgende hand win ik. Ik leg mijn kaarten neer. "Ik heb mijn gelukshand, dames. De Hand van de Dode Man. Twee paren - zwarte azen, zwarte achten. Weet je waarom het De Hand van de Dode Man heet?"

"Waarom?" Mia vraagt.

"Het is ontstaan in het Wilde Westen. Het was de hand die Wild Bill Hickok had toen hij vermoord werd. Een ongelukkige situatie voor Wild Bill, maar om de een of andere reden is het altijd mijn gelukshand geweest."

Marissa hapt naar adem. "Nou," zegt ze, haar toon een beetje trillerig. "Misschien heb jij daarom meer geluk gehad dan Wild Bill."

De beelden van de droom flitsen supersnel door mijn hoofd. Het is niet de eigenlijke gebeurtenis die ik nu zie. Alleen de nieuwe, verdraaide. Die waar het pistool op Marissa's hoofd wordt gericht.

Ik leef nog. Ik leef nog. Soms voelt het alsof er een reden moet zijn waarom ik nog leef.

En dat het op de een of andere manier met Marissa te maken heeft.

Er gaat een rilling door me heen. Ik wil dat het een gelukkige reden is, zoals het feit dat Marissa mijn vrouw kan zijn. Dat ik met haar een restaurant kan runnen. Maar in de plaats daarvan lijkt het iets veel donkerder.

Een waarschuwing.

Ik leefde om te voorkomen dat haar iets ergs zou overkomen.

~

Marissa

Alsof ik al niet halsoverkop verliefd was op Gio, moest hij ook nog eens leuk gaan doen tegen mijn nichtje.

Mia telt haar biljetten, stralend naar haar nieuwe favoriete persoon op aarde. Hoe snel werd ik vervangen. "Ik mag dit houden, toch?" vraagt ze voor de achtste keer.

Gio knipoogt naar haar. "Dat mag je zeker. Koop er maar iets leuks mee."

Ik geef hem een duwtje met mijn elleboog en hij gooit een arm om me heen.

"Misschien moet je het niet aan je moeder vertellen," stel ik voor aan Mia.

"Waarom niet?" Ze geeft me nu haar volledige aandacht. Kinderen zijn zo verdomd slim. Ze weet dat er iets aan de hand is.

Ik probeer nonchalant mijn schouders op te halen. "Misschien zegt ze wel dat het te veel is om als cadeau te accepteren en moet je het teruggeven." Dat is geen leugen, hoewel het er waarschijnlijk meer om gaat van wie het cadeau komt dan hoe groot het is.

"Het was geen cadeau, ik heb het gewonnen!" antwoordt Mia.

"Dan zal ze zeggen dat ze niet wilt dat je gokt. Stop het maar in je schatkist of ergens waar het veilig is, oké? Of ik kan het voor je bewaren."

Ze drukt de biljetten tegen haar borst. "Geen denken aan."

En op dat moment gaat de deur open.

Mijn nonna geeft een half gilletje, "O-oh-oh!" bij het zien van Gio.

Gio staat recht, altijd een gentleman. Hij begroet mijn grootouders in het Italiaans, zoals ze gewoon zijn. "Buon pomeriggio, Beatrice, Luigi."

Nonno's bovenlip krult lichtjes wanneer hij van Gio naar mij kijkt. Het verraad is duidelijk. Ik heb de vijand in ons huis binnengehaald. Toch voert hij zijn act op. De act die hij altijd opvoert wanneer de Tacones in onze café zijn. "Gio, buon pomeriggio. Hoe gaat het met je broer?"

Oké, dus we kletsen wat. Ondertussen is mijn maag veranderd in een strakke bal.

"Goed, goed." Gio knijpt in mijn hand en Nonno's arendsoog volgt de beweging. "Nou, ik was net van plan om te gaan." Hij wendt zich tot Mia. "Aangenaam kennis te maken, jongedame." Hij steekt zijn hand uit en ze schudt haar hand bijzonder krachtig om grappig te zijn.

Ik krijg mijn tong bijna niet uit de knoop om te spreken. Ik blijf gewoon bevroren staan, zonder zelfs maar zo beleefd te zijn om met Gio naar de deur te lopen. Dankbaar dat hij niet geprobeerd heeft om langer te blijven.

Hij tilt zijn hand lichtjes op voordat hij de deur sluit en om de een of andere reden breekt het mijn hart. Ik weet het niet, er was iets verdrietig aan dat gebaar. Alsof hij zijn afwijzing aanvaardde, maar het maakte hem triest.

Verdorie.

Maar ik heb geen tijd om erover na te denken, want Nonno keert zich onmiddellijk tegen me. "Wat deed hij hier?"

Mijn instinct probeert iets te verzinnen om dit te minimaliseren, maar er is geen verhaal dat zou passen of werken. Ik haal gewoon mijn schouders op. "Hij kwam met me mee om bij Mia te blijven."

Nonna's mond valt open. Nonno's witte wenkbrauwen vallen omlaag. "Wat bedoel je? Heb je... een relatie met die kerel? Is hij degene met wie je uit bent geweest?"

Mijn grootouders moeten veel moeite doen om zich niet te bemoeien met mijn uitgaansleven. Ze willen niet dat ik verdwijn zoals mijn moeder deed, dus vragen ze me niet te veel waar ik mijn nachten doorbreng. Je bent volwassen, zegt Nonna hardop wanneer ik thuiskom. Ik ga het niet vragen. Alsof ze het echt heel graag wil vragen en dat hardop moet zeggen om zichzelf ervan te weerhouden om dat te doen.

"Ja," zeg ik dan eenvoudig.

Op hun gezichten verschijnt nog meer verbijstering en verraad, alsof ze hoopten dat ik een verklaring zou geven die ze liever zouden horen.

"Marissa, na alles wat ik je verteld heb over de Tacone mannen -" Mijn grootvader breekt zijn zin af wanneer hij ziet dat ik naar Mia kijk.

"Mia, tijd om in bad te gaan," zegt mijn grootmoeder en ze duwt haar de kamer uit. Mia's ogen staan wijd open en ik weet zeker dat ze haar oren gespitst houdt vanuit de badkamer.

"Nonno, Gio is niet zo. Hij is niet zoals zijn vader. Of zijn broer. Broers. Hij is echt een geweldige kerel die piano speelt en me als een prinses behandelt."

Nonno rolt met zijn ogen. "Voorlopig wel. Wacht maar tot je over de schreef gaat of hij iets meer wil dan jij wilt geven. Dan gaat hij dreigen. Of geweld gebruiken, zelfs."

Ik krijg geen lucht. Mijn borstkas is te gespannen. Mijn maag is te hard om ruimte te maken voor het uitzetten van mijn longen. "Nee," zeg ik. "Ik denk niet dat dat waar is."

"Gaat het om het geld?" Zegt Nonno en ik zie precies het moment waarop hij zich realiseert wat ik heb gedaan. Hij wankelt een beetje, zijn gezicht wordt bleek. "Mio Dio. Je hebt toch niet... Nee." Hij schudt zijn hoofd vol ongeloof.

Het is net zoals de schietpartij, waar de tijd ook leek te vertragen. Ik kan het slechte zien aankomen, maar ik kan het niet tegenhouden. "Mia?" Zijn stem kraakt.

Alles wat ik kan doen is knikken. Het toegeven.

"Nee... nee. Hoeveel?"

"Het maakt niet uit." Ik probeer mijn stem sterk en zeker te laten klinken, maar er zit een trilling in.

"Wat was de prijs?" Het is nauwelijks meer dan een fluistering. "Jij?"

"Nee!" Mijn ogen branden. Natuurlijk lijkt het alsof ik mezelf heb verkocht. Mezelf aan de duivel heb verkocht. Dit was het moment dat ik probeerde te vermijden. Dit vreselijke, verpletterende gevoel van schaamte. Twijfel of ik wel iets voor hem beteken, iets anders dan zijn bezit. "Nee, ik ben zijn persoonlijke kok. Ik bezorg hem één keer per week maaltijden, dat is alles. En zo ben ik erachter gekomen... dat ik hem leuk vind."

"Vind je hem leuk? Vind je hem leuk? Je vindt een Tacone niet leuk. Je let goed op en waakt ervoor dat je er nooit eentje tegenkomt. Je moet het meteen uitmaken met hem."

Ik til mijn kin op. "Dat doe ik niet, Nonno. Hij is niet wat jij denkt. En dat zul je nog wel inzien."

Ik pak mijn spullen en loop naar buiten om de trein naar Michelangelo's te nemen, ook al heb ik nog een uur de tijd.

Ik tril helemaal, ben misselijk. Helemaal van streek.

Ik heb nog nooit een discussie gehad met mijn grootouders. Ik ben de uitslover. Degene die klaarstaat en de lasten op zich neemt. Degene die nooit iets verpest en geen drama veroorzaakt.

Op dit moment ben ik aan het instorten. Mijn behoefte om gewild te zijn, om genoeg te zijn, om voor iedereen goed te doen in de wereld is in strijd met mijn aantrekkingskracht tot Gio.

Nee, het is veel meer dan aantrekkingskracht. Ik kan niet doen alsof het alleen over goede seks gaat of alleen maar de regeling is die ik maakte om dat geld te lenen.

Gio en ik hebben iets echts.

Mijn grootouders gaan dat gewoon moeten accepteren.

∽

Gio

. . .

Zodra Marissa klaar is met werken, komt ze naar me toe en valt in mijn armen.

Godzijdank.

Maar ook... fuck. Omdat ze overstuur en uitgeput is, en ik weet niet hoe ik dit moet oplossen. Nog niet in ieder geval. Maar ik zal het oplossen.

Ik hou haar vast, kus haar haren en wrijf over haar rug.

"Het spijt me. Dat was supergênant bij mijn grootouders, en -"

"Sst." Ik duw haar ver genoeg van me af om haar gezicht te omvatten en het op te tillen. Ik kus haar trieste mond. "Het is oké voor mij. Hoe was het voor jou?"

Haar schouders zakken naar beneden. "Vreselijk. Mijn nonno denkt dat ik mezelf aan je verkocht heb en dat je gevaarlijk bent."

Woede raast door me heen, maar ik haal diep adem om het te bedwingen. "Je bent niet mijn fucking hoer. Je bent mijn vriendin. Dat is wat ik wil. Heb je hem dat verteld?"

Ze knippert snel en laat haar voorhoofd tegen mijn borst zakken. "Je zegt altijd de juiste dingen, Gio."

"Geloof wat ik zeg, Marissa," benadruk ik, want ik weet niet of zij dat wel doet. Ik kon haar niet helpen in het huis van haar grootouders. Ook al is ze hier, in mijn armen, die kloof van twijfel waar ik zo hard aan gewerkt heb, is nu weer gigantisch groot geworden.

"Wat kan ik voor je doen, engel? Ik zou alles voor je doen."

Ze zucht en trekt zich terug, en op dat moment weet ik dat ik gelijk heb. "Ik moet gewoon naar huis vanavond."

Fuck.

Ze bedoelt niet mijn huis.

En ze zou moeten vragen om het enige wat ik haar niet wil geven.

Vrijheid.

"Ja, oké," zeg ik, terwijl ik mijn hand in mijn zak steek om mijn sleutels eruit te halen. "Ik breng je wel."

"Bedankt." Haar schouders hangen naar beneden wanneer ze haar jas haalt.

Ik leg mijn hand op haar onderrug en begeleid haar het restaurant uit. "Je bent moe, engel. Slaap er een nachtje goed over, dan zal het morgen beter lijken."

Ze geeft me een duwtje met haar elleboog. "Dat was het meligste zinnetje dat je ooit tegen me gezegd hebt."

Ik grinnik. "Je hebt gelijk. Dat was flauw. Maar waarschijnlijk ook waar."

Ze stopt en richt haar gezicht naar het mijne. "Bedankt dat je zo begripvol bent." Ze gaat op haar tenen staan en haakt een hand achter mijn nek om me te kussen.

Cazzo.

Ik wil haar. Ik wil dit meisje voor altijd en als ze me zo kust, is het moeilijk om de mannelijke agressie die ze in me opwekt te onderdrukken. Ik duw haar naar achteren tot haar kont mijn auto raakt en druk mijn lichaam tegen het hare. Wring één dij tussen haar benen.

"Doe niet zo fucking lief," grom ik, terwijl ik een hand in haar nek leg. "Ik wil je niet weer mee naar binnen nemen en je neuken tot je niet meer recht kunt lopen."

Ze giechelt, maar ik voel nog steeds de vermoeidheid van haar afstralen, dus ik toon medelijden.

Ik geef haar een stevig, bezitterig kneepje in haar kont. "De volgende keer zal ik niet zo toegeeflijk zijn," waarschuw ik, wetend dat ze het lekker vindt wanneer ik haar straf.

"Mmm," zegt ze instemmend en ze kust me opnieuw.

En dan is het weer zover - haar lippen glijden over de mijne, haar tong dringt mijn mond binnen.

Ik buig mijn knieën en druk mijn pik tegen de top van haar dijen totdat ze kreunt en aan mijn haar trekt.

"Voor vanavond zal je straf zijn dat je niet geneukt wordt," vertel ik haar terwijl ik me terugtrek en haar blozende wangen en volle lippen in me opneem.

Ze is zo verdomd mooi.

"Gemeen," mompelt ze met haar ogen op de mijne gericht, en op de een of andere manier laat ze die twee lettergrepen sexy en uitnodigend klinken.

"Ja," beaam ik, terwijl ik de auto losmaak en mijn gewicht van haar afhaal. Ik open haar deur en help haar instappen.

Ik zou tevreden moeten zijn. Ik breng haar naar huis, maar zij geeft zich nog steeds aan mij over. Deze kusjes zijn eerlijk. De intensiteit van haar blik is echt. Alles tussen ons lijkt normaal. We zijn hecht zelfs.

Waarom voel ik me dan zo angstig?

HOOFDSTUK VEERTIEN

Marissa

Zaterdag ga ik helpen bij Milano's. Iedereen is er - mijn beide grootouders, Lori, Mia en ik. Ze hebben me niet echt nodig. Misschien ben ik er gewoon uit schuldgevoel - ik weet het niet. Ik probeer nog steeds geliefd te zijn ondanks mijn teleurstellende keuze in mannen. Ondanks mijn verraad.

Het is onze drukste dag en ik sta achter de toog. Daarom merk ik het niet op wanneer hij binnenkomt.

Ik neem bestellingen op en roep de mensen wanneer het klaar is, en dan opeens staat Arnie aan de andere kant van de toog.

Met een pistool in zijn hand.

De kamer draait. Vervormt.

Ik heb het gevoel dat ik in een vissenkom zit met niets in beeld behalve zijn enorme gezicht voor me. Verdomme, de koude loop wordt tussen mijn ogen gericht.

Het café wordt doodstil.

Het metaal dat tegen mijn voorhoofd rust, trilt.

"Door jou ben ik mijn baan kwijt, jij kleine trut." Hij is dronken. "Je wilde mij niets van dat poesje geven, maar je gaf het wel aan hem, hè? Moest je je benen spreiden voor de nieuwe eigenaar? Heb je hem ook gepijpt? Is dat hoe je ervoor gezorgd hebt dat ik ontslagen werd?"

Een wild, rauw schudden begint in mijn knieën en gaat door heel mijn lichaam, totdat elk deel van me non-stop beeft. Mijn leven is in gevaar, maar de vernedering is nog erger.

Hij noemt me een hoer in het bijzijn van mijn grootouders. Mijn achtjarig nichtje.

Mijn tante.

Dat is het deel dat tot mij doordringt.

Misschien omdat mijn hersenen niet eens kunnen nadenken over het gevaar waarin ik me nu bevind.

En dan, komt het weer allemaal terug.

De herinnering aan zes lijken op deze vloer overspoelen mijn geest. Hoeveel bloed er was. Hoe het eruit ziet om hersenen tegen de muur te zien spatten.

Paolo heeft de vorige keer schoonmakers betaald om de boel op te ruimen.

Wie gaat er mijn bloed opruimen?

Gekke gedachten. Ik heb gekke gedachten.

"Huh?" Arnie schreeuwt, spuug vliegt uit zijn mond. "Heb je hem gepijpt zodat hij me zou ontslaan?"

De deur gaat geruisloos open. Ergens weet ik dat ik niet in die richting moet kijken. Omdat ik mijn ogen niet af mag wenden van de gekke man voor me.

De man die me gaat neerschieten voor de ogen van mijn familie.

En opeens wil ik wenen over alles wat ik nog niet heb afgemaakt met Gio. Hoe ik hem nog niet echt heb toegelaten. Hoe graag ik dat ook wil.

Hoe zou het zijn geweest als ik dat wel had gedaan? Zouden we het geluk gevonden hebben?

Langzaam, heel langzaam, hef ik mijn trillende handpalmen in de lucht om mijn overgave te tonen. "Het spijt me, Arnie," fluister ik. Het is een leugen, maar ik zou nu alles zeggen om te voorkomen dat hij mijn familie pijn doet. Om te voorkomen dat hij net zoals Junior begint te schieten in dit café. Om te voorkomen dat hij meer mensen neerschiet dan alleen mij.

In mijn ooghoek zie ik een figuur langzaam dichterbij komen. Ik kijk niet, maar ik zie donkere kleding.

Gio.

In zijn gebruikelijke Italiaanse pak. Zonder mijn ogen te bewegen, probeer ik hem te volgen. Hij beweegt heel langzaam. Reikt naar zijn broeksriem op zijn rug, maar komt met lege handen.

Omdat ik hem gevraagd heb om geen wapen meer te dragen.

Het café is stil. Niemand anders beweegt. Mia laat een klein kreuntje achter me horen.

"Het spijt me, Arnie," herhaal ik, met tranen in mijn ogen. "Kunnen we hierover praten? Wat is er nodig om dit goed te maken?"

Ik weet niet eens hoe ik in staat ben om woorden te vormen. Mijn adem stokt in mijn keel.

En dan in een bliksemsnelle beweging, grijpt Gio het pistool uit Arnie's hand en slaat hem ermee op het hoofd. Arnie's knieën knikken en hij gaat snel neer, maar Gio zwaait nog een keer en slaat met de achterkant van het pistool tegen zijn schedel. Dan laat hij het wapen vallen en gebruikt zijn vuisten, slaat op Arnie's gezicht keer op keer tot er bloed uit spuit en het geluid van krakende botten doet mijn maag omdraaien.

"Laat hem ophouden," zegt Lori. De urgentie in haar toon haalt me uit mijn shock.

Gio heeft misschien het pistool weggegooid, maar dat betekent niet dat hij deze man niet zal vermoorden. Sterker nog, hij is al halfweg.

"Laat hem ophouden, Marissa," herhaalt Mia, en het is vooral de angst in haar stem die me rond de toonbank doet rennen.

Ik grijp Gio's arm vast. "Het is genoeg!"

Hij is verloren. Ik denk niet dat hij me op dit moment hoort. Gio is in de aanvalsmodus. Of meer waarschijnlijk, de moordmodus. Het is afschuwelijk om de man van wie je houdt te zien veranderen in een dodelijk wapen. Hij blijft Arnie slaan met zijn andere arm, alsof hij niet eens merkt dat ik hem probeer tegen te houden.

"Gio!" schreeuw ik zo luid ik kan.

Nu draait hij zich eindelijk om en wat ik zie in zijn uitdrukking verandert alles.

Ik zie zijn angst. Zijn ogen zijn groot en alert. Hij controleert me op verwondingen wanneer hij weer terugkomt en slaat me dan in zijn armen in een omhelzing zo stevig dat ik geen adem kan halen.

"Bel 9-1-1," zegt Lori tegen Nonna.

"Ik heb al gebeld," zegt een van de klanten. "De politie is onderweg."

Gio wil me niet laten gaan. Ik wil dat hij me loslaat. Om met deze situatie om te gaan.

"Jij," beschuldigt Nonno. Ik hoef het niet te zien om te weten dat hij het tegen Gio heeft. Maar ik ben geschokt wanneer ik hoor dat hij zijn gebruikelijke vriendelijke, respectvolle toon verloren heeft wanneer hij tegen een Tacone spreekt. Het kwaad in zijn stem is deze keer duidelijk. "Jij hebt dit veroorzaakt." Zijn stem trilt van emotie. Ik heb hem nog nooit zo overstuur gezien. "Geweld volgt je overal waar je gaat. Waarom kun je ons niet gewoon met rust laten? Ons erbuiten laten? We willen je hier niet. Mijn kleindochter wil je niet in haar leven hebben."

Ik verstijf en Gio ook.

Zijn omhelzing wordt langzaam minder tot het niets meer is. Ik sta daar helemaal alleen.

"Is dat zo, Marissa?" Zijn stem klinkt leeg.

Ik kijk om me heen. Arnie ligt op de grond in een plas bloed. Mia snikt en staart naar hem. Ze zal getekend zijn voor het leven door wat ze net gezien heeft.

"Luigi, hij heeft net je kleindochter gered," zegt een van de stamgasten.

"Ja," en "Dat is zo," beamen een paar anderen.

Ik wil terug in de cirkel van die sterke armen stappen en door hem gered worden. Maar mijn Nonno denkt dat dit Gio's schuld is. En Mia huilt nog steeds, getraumatiseerd door wat ze zag.

En ik ben mogelijk in shock en niet in staat om een rationele beslissing te nemen.

"Misschien kun je beter gaan," mompel ik, niet in staat om zijn ogen te ontmoeten.

De lucht valt als een bowlingbal tussen ons in. Zwaarder dan lood. Of misschien is dat mijn hart - ik weet het niet.

"Ja," zegt Gio. "Oké. Ik ga." En na die woorden, loopt hij naar buiten.

En dat is wanneer ik me realiseer dat ik praktisch gezien een grote fout heb gemaakt. De politie zal met hem willen praten over wat er gebeurd is.

Maar dat is niet waarom ik me als een wandelende dode voel.

Het is omdat Gio mijn hele hart met hem meenam toen hij die deur uitliep.

Gio

Ik ben net klaar met het bloed van mijn handen en gezicht te wassen wanneer de politie voor mijn deur staat. Ze gooien hun gewicht in de strijd, proberen me te intimideren. Ze proberen van deze zaak met Arnie iets maffia-gerelateerd te maken. Maar ik ben al te lang een Tacone en wil hun vragen niet beantwoorden zonder dat er een advocaat bij is, en aangezien ze duidelijk niets hebben dat het zelfs maar rechtvaardigt om me op te pakken, vertrekken ze.

Er is niets maffia-achtigs aan deze situatie, ook al ben ik erbij betrokken.

Maar dat verandert niet hoe iedereen het ziet. Luigi was er zo zeker van dat het mijn schuld was.

Misschien was het dat ook wel zo, ik weet het niet. Ik wilde die vent niet in elkaar slaan... auw, wie hou ik voor de gek? Ik wou hem wel in elkaar slaan. Hij hield een pistool tegen Marissa's hoofd. Ik beschouw mezelf heel mild omdat ik de veiligheid niet van zijn pistool heb gehaald - ja, die idioot wist niet eens hoe hij het moest gebruiken, daarom riskeerde ik het om het uit zijn hand te pakken - en hem ermee tegen het hoofd te slaan. Of hem nog een paar klappen te geven met de achterkant van het pistool en zijn schedel open te breken. Of...

Nee. De dood van deze man plannen is niet de richting die ik op moet gaan.

Ik ben er vrij zeker van dat ik wat botten in zijn gezicht en ribben heb gebroken. Dat moet dan maar. Ik ga hem zeker bezoeken in het ziekenhuis om hem te laten weten dat als hij ooit nog bij Marissa of haar familie in de buurt komt, hij er geweest is.

En dat niet alleen, ik vermoord zijn hele familie.
Omdat je niet bedreigt wat van een Tacone is.
En Marissa is van mij.
Tenminste dat dacht ik.
Maar de dingen zijn veranderd.
Ik heb haar die gewelddadige kant van mij laten zien. De zoon die Don Tacone opgevoed heeft, kwam vandaag naar boven. Een brute, gewelddadige man. Het soort dat heeft gedood met zijn blote handen.

En wat ze zagen kan niet ontkend worden. Het kleine meisje zag het ook - fuck.

Dat is het gedeelte waarvoor ik mezelf in Lake Michigan wil laten zinken met een paar cementen schoenen aan. Ik aanbad dat kleine meisje, Marissa's nichtje. En ze zag iets wat ze nooit had mogen zien.

Beatrice, ook. En Lori. En al die klanten. De onschuldigen zouden nooit zoiets mogen meemaken.

Als ik mijn hoofd erbij had gehouden, als ik niet het meest angstaanjagende moment van mijn leven had gezien, had ik hem naar buiten getrokken en hem neergeslagen in een steegje.

Waarom deed ik dat verdomme niet?
Idioot. Stomme idioot.
Ik heb misschien net mijn meisje gered, om haar daarna weer te verliezen.

God heeft een behoorlijk klotegevoel voor humor, nietwaar?

Ik schenk mezelf een glas whisky in en kap de helft in één keer naar binnen.

En dat is wanneer de portier belt. "Luigi Milano is hier voor u."

Ik haal mijn schouders op. Mooi zo. Hij is hier om mijn ballen te breken, ik ben er zeker van. Maar ik ben niet bang. Ik verdien het. En misschien kan ik eindelijk wat van de shit tussen ons regelen. Me verontschuldigen voor wat mijn familie hem heeft aangedaan. Dingen rechtzetten.

"Stuur hem maar naar boven."

Ik haal een glas tevoorschijn en schenk hem ook een glas whisky in, niet dat ik denk dat hij het zal opdrinken, en laat hem dan binnen wanneer ik de lift hoor.

Hij komt binnen met een schoenendoos onder zijn arm, met een stoere, overtuigende blik.

"Luigi," zeg ik. "Kom binnen." Ik begeleid hem naar mijn kantoor. "Ga zitten. Whisky?" Ik duw het glas naar hem toe.

"Nee." Hij gaat zitten maar zijn gezicht is hard. Hij zet de oude schoenendoos voor hem neer.

De beste zet zou zijn om achterover te leunen en te wachten tot hij praat. Dit is duidelijk een soort van aanvallende zet. Maar ik duw mijn gebruikelijke eer weg. Marissa heeft me nodig om dit op te lossen.

"Eén miljoen voor Milano's. Ik neem het huurcontract over, regel een team om de zaak te runnen. Jij en je familie kunnen met pensioen gaan."

Luigi's gezicht wordt rood. "Wat? Waar heb je het over? Nee! Ik ben hier niet om een deal met je te sluiten, Gio." Hij schudt zijn hoofd. "Eigenlijk is dat niet waar. Ik ben hier om een zeer belangrijke deal te sluiten."

"Heeft het te maken met wat er in de doos zit?" vraag ik. Ik heb het knagende gevoel dat ik had moeten beginnen met een verontschuldiging. Mijn standpunt aan Luigi uitleggen - dat ik verliefd ben op zijn kleindochter en dat ik alles goed wil maken.

In plaats daarvan ben ik overgegaan tot mijn gewoonlijke manier van handelen met een glas whisky, met de dreiging van gevaar en macht om me heen.

Het is precies wat Luigi haat en toch speel ik de rol die hij verwacht.

Fuck.

"Wacht -" Ik hou mijn hand omhoog. "Ik wil eerst iets zeggen."

Maar Luigi heeft de doos al geopend en ik weet opeens exact wat er nu gaat gebeuren.

Net zoals ik dat wist toen Marissa hier kwam opdagen in dat rokje en met die hakken.

Fuck.

De doos zit vol met oude cassettebandjes - op ieder bandje staat een datum. Hij haalt er ook een oude cassetterecorder uit. "Weet je wat dit zijn?" zegt hij.

"Ik heb een vrij goed idee." Alsof deze dag nog niet erg genoeg was. Mijn nachtmerrie komt uit, daar in Milano's. Een pistool tegen Marissa's hoofd. Mijn enorme fout die ik nog steeds niet heb kunnen rechtzetten.

En nu dit.

Chantage door de grootvader van mijn vriendin.

Hij schuift een cassettebandje in de cassettespeler en drukt op play. Het is nauwelijks hoorbaar. Er is een hoop lawaai, maar onder de achtergrondgeluiden en de vervormde kwaliteit, hoor ik de stem van mijn vader die bevelen geeft. Vinny, zorg jij voor het Hathaway probleem. Junior, zoek uit wie er gestolen heeft van de elektronicazaak en leer ze een lesje. Neem Pauly met je mee.

Verdomd geweldig.

Bewijs tegen mijn broers.

"Ik heb er tientallen van deze," zegt de oude man terwijl hij de doos schudt. "Ik heb er meer thuis. En nog meer op het kantoor van mijn advocaat."

"Je hebt ze al die jaren bewaard."

Hij knikt. "Het is mijn verzekering."

Ik ben opeens verschrikkelijk moe.

Ziek van La Cosa Nostra. Ziek van mijn familie. Ziek omdat ik een Tacone ben.

Maar vooral ziek van dit leven.

"Wat wil je, oude man?" Ik ben klaar met aardig zijn. Het is veel te moeilijk als niemand het van je accepteert.

"Ik wil dat je uit de buurt van mijn kleindochter blijft. Ga weg uit het restaurant waar ze werkt. Neem Milano's als onderpand voor het geld dat je haar geleend hebt, maar laat haar erbuiten. Vorig jaar werd ze bijna vermoord door jou en vandaag werd er weer een pistool op haar hoofd gericht. En mijn andere kleindochter, die nog maar een kind is, moest getuige zijn van jouw walgelijk geweld. Marissa verdient beter dan dit."

Het zou me niet verbazen dat iedere plant in het appartement met mij verdord is. Ik zweer je dat ik de zon zo uit de lucht kan zuigen met dat zwarte gat in me.

"En in ruil daarvoor geef je me de cassettebandjes?"

"Nee. Ik bewaar de cassettebandjes, zoals ik al die jaren heb gedaan. Om er zeker van te zijn dat jij je aan de afspraak houdt."

Ik gooi de rest van mijn whisky achterover. Ik ben al akkoord gegaan. We zijn voorbij het punt dat ik Luigi ga vertellen dat ik verliefd ben op zijn kleindochter. We zijn op het punt gekomen dat ik misschien een man ga vermoorden.

Niemand bedreigt een Tacone.

Dat is het motto waarmee ik ben opgevoed.

Maar ik heb geen andere keuze dan te plooien. Niet omdat ik bang ben voor die cassettebandjes, hoewel ze een probleem kunnen vormen. Mijn vader zit al in de gevangenis, maar als er bewijs op staat dat de vrijheid van mijn broers in gevaar brengt, kan ik dat niet riskeren.

Maar vooral omdat Marissa van die oude man houdt.

En dus, zou ik hem nooit kwaad doen.

Ik zou hem nooit bedreigen of onder druk zetten.

En hij heeft gelijk. Marissa verdient beter. Overal waar ik haar probeerde te helpen, heb ik het alleen maar verpest. Ik heb dat restaurant gekocht om Arnie bij haar weg te houden en het heeft zich tegen mij gekeerd. Hij kwam naar haar familiebedrijf en richtte een pistool op haar hoofd.

Cristo. Ik had gewoon moeten doen wat ik altijd deed. Geweld. Bedreigingen.

Hoe meer ik probeer goed te zijn voor Marissa, hoe meer het misloopt.

"Goed," zeg ik bot.

"Maak je het uit met Marissa?"

"Ja."

"En blijf je bij haar uit de buurt? Ga je voor altijd uit haar leven verdwijnen?"

"Ga weg, Luigi." Ik sta op en pak zijn onaangeroerde drankje vast. Ik gooi het in zijn richting over de tafel. "We zijn klaar hier." Ik pak de fles whisky en loop het kantoor uit, laat hem daar achter om zijn eigen weg naar buiten te vinden.

Als ik een doodskist had, zou ik er nu in kruipen als een vampier en er nooit meer uitkomen.

Ik denk dat ik in plaats daarvan op het bed land - ik weet het niet zeker. Ik ben te druk bezig met mijn weg te vinden naar de bodem van de whiskyfles.

HOOFDSTUK VIJFTIEN

Marissa

Tegen de tijd dat ik klaar ben met mijn shift bij Michelangelo's, ben ik klaar om dood te vallen. Mijn maag zit in de knoop sinds Arnie vanmiddag opdook en ik probeer alles uit mijn hoofd te wissen tot ik tijd heb om er goed over na te denken.

Het probleem daarbij is dat mijn lichaam een wankele puinhoop is. Ik wil overgeven en ik keek er echt naar uit om in Gio's armen te vallen aan het eind van de avond.

Maar hij is niet komen opdagen.

Hij is er niet.

En dat feit alleen al zorgt ervoor dat de tranen beginnen te lopen.

Hij staat niet buiten op de parkeerplaats om aan te dringen om me naar huis te brengen. Er staat geen bericht van hem op mijn telefoon.

Ik loop naar het treinstation, snuivend, mijn hersenen tollend.

Nu is het belangrijk voor mij om alles te overlopen. Om te kijken naar de puzzelstukjes en erachter te komen waarom Gio niet hier is.

Ik vertelde hem om te vertrekken. Was ik beledigend toen ik het zei? Fuck, ik kan het me niet herinneren. Ik was zo in shock toen het wapen op mij gericht werd en toen ik Mia zo zag huilen. Het zien van Arnie's bloed en de brutale kracht die Gio gebruikte.

Gio... Mijn gedachten gaan een paar minuten terug in de tijd. De snelheid waarmee hij Arnie ontwapende. De kracht in die vuisten toen hij gerechtigheid eiste.

Gio redde mijn leven.

Hij was een verdomde held.

Hij rukte het pistool uit Arnie's hand en sloeg hem ermee. In de meeste films zou dat een overwinning zijn. Hij zou een medaille krijgen of op zijn minst een verliefde blik van iedere vrouw in het publiek.

En ik heb hem niet eens bedankt.

In plaats daarvan, schopte ik hem eruit alsof hij de slechterik was.

Hoe is Gio in godsnaam de slechterik geworden die mijn leven redde? Mijn familie gaf hem de schuld dat Arnie daar was, maar dat was niet zijn fout. Ook al had ik nooit iets met Gio begonnen, dan had hetzelfde kunnen gebeuren. Arnie is een gevaarlijke psychopaat.

Niet Gio.

Verdorie.

Ik pak mijn telefoon. Het is te laat om te bellen, maar ik stuur een sms naar Gio. Je hebt mijn leven gered en ik heb je niet eens bedankt. Ik voel me verschrikkelijk. Het voelt niet juist, ik probeer zeker te hard maar ik vraag het toch: Misschien verdien ik wel een straf?

Ik druk op verzenden, dan wou ik dat ik het laatste deel had weggelaten. Gio is vanavond niet komen opdagen, dus hij moet zich beledigd voelen. Hij is altijd bij Michelangelo's als ik er ben. Altijd daar om me een drankje in te schenken of om me met zijn auto mee te nemen. Of om me hard neuken over een tafel.

Ik wacht de hele treinrit naar huis, maar ik krijg geen antwoord.

Huh.

Misschien slaapt Gio. Had hij problemen met de politie? Ik weet dat ze om zijn verklaring gingen vragen aangezien ik het verknoeide door hem weg te sturen.

Het huis is stil wanneer ik thuiskom en ik glip in bed, uitgeput, maar ik kan niet slapen. Ik blijf op mijn telefoon kijken om te controleren of ik een bericht van Gio heb.

Hopend dat ik het niet te vaak heb verpest met hem.

∽

Gio

Ik maak het uit met Marissa via sms en ik wil mezelf daarvoor in de maag stompen.

Je grootvader heeft gelijk. Geweld volgt me. Ik wil je mooie toekomst niet verknoeien. Het was leuk zolang het duurde.

Niets is leuk aan dit fucking bericht en het antwoord doodt me bijna. Nee, Gio. Je redde mijn leven en ik wil je in mijn leven. Vergeet mijn nonno. Wij kunnen dit laten werken.

Als ik niet al dood was, sterft het laatste levende, ademende deel van me wanneer ik het volgende bericht sms. Het is over, engel. Je schuld aan mij is vergeven. Geniet van je leven.

Daarna laat ik Michael weten dat ik me terugtrek uit de deal om Michelangelo's te kopen.

Hij is boos maar dat maakt me helemaal niets uit. Ik hang op terwijl hij me uitscheldt.

En wanneer die twee klote taken gedaan zijn, begin ik weer te drinken en ga achter mijn piano zitten om een drie uur durende uitvoering van Paint it Black van The Rolling Stones te spelen.

~

Marissa

DEGENE DIE ZEI DAT DE TIJD ALLE WONDEN HEELT, was een eikel. De pijn wordt alleen maar erger.

De eerste paar dagen strompelde ik er doorheen. Ik kwam opdagen en deed mijn werk, zoals altijd, hoewel ik er waarschijnlijk uitzag als een zombie.

Het was nog niet echt doorgedrongen dat Gio het uitgemaakt had met mij. Dat kwam hard aan na wat wij hadden, waardoor ik geloofde dat hij in de buurt zou blijven, maar hij ging ervandoor.

Nadat ik ontdekte dat hij zich terugtrok uit de koopovereenkomst voor Michelangelo's, drong het eindelijk tot me door dat hij echt niet meer terug zou komen. Hij zou daar niet staan wachten op een dag na mijn dienst. Hij had geen plannen om op die kleine vleugelpiano daar te spelen.

Daarna kon ik niet meer uit bed komen. Ik kreeg een vreselijke verkoudheid en gebruikte die als excuus om de afgelopen week op mijn kamer te blijven. Misschien is het al meer dan een week. Ik weet het niet meer.

Voor één keer in mijn leven, laat ik iedereen zelf uitzoeken hoe ze dingen gedaan krijgen. Ik kom zelfs mijn kamer niet uit om te eten. Ze hebben eten naar mij gebracht.

Ik negeer de klop op mijn deur nu.

En mijn tante negeert mijn gebrek aan reactie en komt toch binnen.

Ze gaat op de zijkant van mijn bed zitten en trekt de lakens van mijn hoofd. "Jezus. Je ziet eruit als de dood, Marissa."

"Ik voel me dood," zeg ik haar.

"Misschien helpt een douche of bad."

"Mmm." Dat ben ik die haar suggestie negeert.

"Je weet wel, terugkomen naar het land van de levenden?"

"Ik wil het niet." En dat is de eerlijke waarheid. Ik kan me gewoon niet voorstellen dat ik ooit mijn leven weer oppak. Ik zou liever op het vliegtuig naar nergens stappen dan door te gaan met mijn leven.

"Gaat dit over Gio?" vraagt ze zacht. Het is de eerste keer dat iemand hier zijn naam uitspreekt en ik ben niet voorbereid op de emotie die naar boven komt. Tranen vullen niet alleen mijn ogen, maar mijn hele gezicht en keel, waardoor het heet aanvoelt.

"Ik wil er niet over praten," weet ik uit te brengen voor ik mijn gezicht weer in mijn kussen verstop.

"Marissa..."

Ik negeer haar, in de hoop dat ze weggaat.

"Ik wist niet dat hij zoveel voor je betekende," zegt ze uiteindelijk.

En dan wil ik er plots wel over praten. Sterker nog, ik ga rechtop zitten en een stortvloed van woorden komt uit mijn mond. "Tante Lori, ik wilde niet met hem uitgaan. Ik bedoel, Nonno maakte altijd de grootste ophef over de Tacones en er was de schietpartij vorig jaar. Maar Gio is degene die werd neergeschoten. Op de stoep. Ik zag het allemaal gebeuren. En ik denk dat hij nachtmerries had, net zoals ik. Maar in zijn nachtmerries ben ik degene die wordt neergeschoten." Ik stop met praten en sla mijn hand voor mijn mond. "Oh mijn God! Denk je dat het een teken was? Alsof het lot hem stuurde om ervoor te zorgen dat ik niet werd neergeschoten?"

Lori's wenkbrauwen fronsen zich en ze kijkt me meelevend aan. "Nee, liefje, ik denk niet -"

"Nou ja, hoe dan ook, dat is waarom hij voelde dat hij me moest beschermen en hij steeds vaker langskwam. En Lori, hij was niet eng of gevaarlijk. Hij was aardig, gul en beschermend. Hij heeft misschien de man die een pistool op me richtte pijn gedaan, maar hij zou mij nooit pijn doen. Ik weet dat tot in mijn ziel." Tranen druppelen over mijn gezicht. "Ik bedoel, daarom is hij nu weg. Ik bleef hem wegduwen en hij besloot dat hij misschien te gevaarlijk voor me was."

Ik pak een zakdoekje en snuit mijn neus.

Lori opent haar mond om iets te zeggen, maar voor ze dat kan, komen er nog meer woorden uit mijn mond.

"En het ding is, ik wilde hem niet in mijn leven toelaten. Vanwege Nonno en ook vanwege... mijn moeder. Je weet" - ik zwaai met mijn hand, verse tranen lopen over mijn gezicht- "hoe ze wegging? En ik probeerde hem op afstand te houden en toen" - ik snuit mijn neus weer - "toen ik hem toeliet, toen ik gewend raakte aan het gevoel dat ik misschien genoeg was, dat ik deze keer niet in de steek gelaten zou worden..."

Ik gooi mezelf verslagen achterover op het bed.

"Oh mijn God..." fluistert Lori, terwijl ze de plukken haar wegtrekt die met tranen aan mijn gezicht vastgeplakt zitten. "Schatje, het spijt me zo. Maar je hebt het helemaal mis."

"Hoe dan?" Vraag ik zonder mijn hoofd op te tillen.

Zonder haar aan te kijken. Ik heb mijn blik gericht op een punt op de muur en ik kijk er niet van weg. "Serieus, tante Lori. Ik doe dit nooit meer. Relaties zijn de pijn niet waard. Het heeft geen zin om erop te vertrouwen dat mensen in de buurt blijven."

Er komt een stotterend geluid uit haar mond. "Nou... jij hebt hem weggeduwd, toch? Je zei dat hij weg moest gaan. En nu blijft hij weg om jou te beschermen. Dus hij heeft jou niet verlaten. Hij zorgt voor jou. Je bent verdomd speciaal."

"Het zal wel." mompel ik.

"Marissa... kom op. Je moet uit dit bed komen. Neem op zijn minst een douche. Kom aan tafel zitten om te eten - Nonna maakt manicotti."

"Nee."

"Je moet wel, Marissa."

"Nee, ik moet niets."

"Alsjeblieft? Iedereen is bezorgd. We willen gewoon dat je opstaat en bij ons komt zitten."

"Nee."

Lori zucht, staat op en gaat weg. Een paar minuten later komt Mia mijn kamer binnen met het geld dat ze van Gio gewonnen heeft. "Marissa?" Haar stem klinkt zacht en bang. "Ik geef je dit als je uit bed komt en samen met ons eet."

Ik duw haar hand weg. "Nee, schatje. Dat is jouw geld."

Ze wappert ermee voor mijn gezicht. "Ik wil dat je het aanneemt. Kom en eet met ons mee."

Fuck.

Ik zucht en gooi mijn benen uit bed. "Daar gaan we dan," mompel ik tegen mezelf. Iedereen weet dat ik alles zou doen voor Mia.

Ik neem een douche, maar mijn tante had ongelijk. Ik

voel me er niet beter door. Eigenlijk zou ik nog steeds in bed willen liggen en sterven.

"Daar is ze!" zegt Nonna wanneer ik kom eten. Ze komt naar me toe en kust mijn beide wangen. "Je ziet er beter uit."

"Dat betwijfel ik ten zeerste," mompel ik.

"Dus Marissa gaf echt om Gio Tacone," zegt Lori.

In godsnaam. Kom ik hiervoor uit bed? Om mijn vreselijke liefdesleven aan de eettafel te bespreken? Ik draai me om en hou haar vast met een blik.

Gelukkig negeren mijn grootouders Lori allebei.

"Ik hou van Gio," zegt Mia, wat me nog meer van mijn stuk brengt.

"Het lijkt alsof Marissa weer in de steek is gelaten. Je weet wel, zoals Luisa die haar in de steek liet? En nu zweert ze relaties voor altijd af."

Als ik niet zo in de war was, zou ik misschien de beschuldiging in Lori's toon opmerken. Ik hoor haar woorden nauwelijks, zo hard probeer ik ze te blokkeren.

"Als je over mij gaat praten alsof ik er niet ben, ga ik wel weer naar bed," mompel ik en ik sta op om naar buiten te lopen.

"Nee, nee, nee, nee." Lori blokkeert de deuropening. "Het spijt me. Ik zal geen woord meer zeggen. Ga zitten. Eet wat. Het zal je goed doen."

"Eten lost niet alles op," mompel ik.

En ik heb gelijk. Het lost helemaal niets op.

∽

Gio

. . .

Ik stoot een lege fles Jack om wanneer ik wakker schrik van het geluid van gebonk op mijn deur.

Ik ben wakker, maar ik sta verdomme niet op. Ik lig op de bank in dezelfde boxershort en T-shirt als waar ik al dagen in lig. Misschien wel weken. Ik weet niet hoe lang het geleden is.

Ik negeer het kloppen.

"Gio! Doe die klotedeur open voordat ik hem openbreek!"

Het is Paolo. Hij gedraagt zich als de stronzo die hij is.

"Vaffanculo," roep ik halfslachtig. Fuck you.

Toen ik opgroeide, vloekten wij Tacone broers altijd in het Italiaans zodat de nonnen en niet-Italiaanse volwassenen niet wisten dat we slechte woorden zeiden. Of in ieder geval niet wisten hoe slecht de woorden waren.

Meer gebonk. Als mijn deur niet van massief hout was, zou hij nu al gebarsten zijn. Gebruikt hij zijn voet? "Ik zei, open die klotedeur. Nu!"

Porco cane. Het kost me veel moeite om overeind te komen, maar ik sta toch op. Wanneer ik de deur opendoe, slaat die verdomde Paolo me in mijn buik. "Dat is omdat je de zondagse brunch hebt gemist en ma er niet over hebt gebeld, stronzo."

Ik draai me om, hijgend. Cristo, ik ben niet meer in vorm na een week niet van de bank te zijn gekomen. Of misschien komt het door al die drank die ik op heb.

De deur zwaait achter Paolo dicht terwijl hij een vluchtige blik werpt op het huis. Met bloeddoorlopen ogen kijk ik zelf ook even. Het is een puinhoop. Overal lege flessen drank. Dozen van afhaalmaaltijden.

"Jezus Christus. Het stinkt hier naar stront. Wat is er met je schoonmaakster gebeurd?

"Ik heb haar niet binnengelaten toen ze kwam."

Paolo maakt een spottend geluid. "Wat is er in godsnaam met jou gebeurd?"

"Niets," mompel ik, terwijl ik over mijn buik krab.

"Onzin." Hij staart naar me. "Gaat het over dat meisje? Heeft ze je gedumpt of zo?"

"Zoiets. Ja."

"Nou, wat is er verdomme gebeurd?"

Dat is het probleem met een italiaanse familie. Ze komen zich altijd moeien. Ze willen elk verdomd detail weten.

"Het was Luigi. Hij kwam hier met een doos cassettebandjes."

Paolo begrijpt het meteen. "Dat meen je niet."

"Ja. En op de cassette die hij afspeelde waren zowel jij als Junior te horen. Niets groots, maar wie weet wat hij nog meer heeft. Twintig jaar van deze bandjes. Hij zegt dat als er iets met hem gebeurt, zijn advocaat ze zal vrijgeven."

"Wacht, wacht, wacht. Even terug. Wat wilde die testa di cazzo?"

Ik knipper met mijn bleke ogen en kijk rond, opzoek naar iets om te drinken.

Paolo slaat met de achterkant van zijn hand tegen mijn arm. "Wil hij dat je het meisje met rust laat?"

"Ja. Precies."

"Waarom? Je was goed voor haar. Toch? Je rotzooide niet met haar?"

"Natuurlijk niet." Ik veeg met een hand over mijn gezicht en loop op blote voeten naar de keuken, op zoek naar iets met alcohol.

"Waarom dan?" vraagt Paolo, terwijl hij me meesleurt naar de keuken.

Ik pak een lege wijnfles en schud ermee. Er is nog maar een slokje van over. Ik breng de fles naar mijn mond. Maak er maar een half slokje van.

Paolo trekt de fles uit mijn hand en werpt me een verwachtingsvolle blik toe.

"Wat? Oh." Ik draai me om en kijk uit het raam naar Lake Michigan. "Geloof jij in het lot, Paolo?"

Mijn broer geeft me een duwtje. "Hou verdomme je kop over het lot. Vertel me gewoon wat er in godsnaam gebeurd is."

Oké. Sla het lot maar over. De terugkerende nachtmerries die me waarschuwde dat mijn meisje in gevaar was, nog voor ze mijn meisje was.

"Ik heb een vent in elkaar geslagen bij Milano's."

Paolo fluit. "Dat is niet goed. Wat is er gebeurd?"

"Nou, hij hield een pistool tegen het hoofd van mijn meisje."

Paolo knikt alsof dat zeker voldoende uitleg was. "Het verbaast me dat je hem niet hebt vermoord."

Ik haal mijn schouders op. "Ik ben veranderd. Maar niet genoeg, denk ik."

"Dat is onzin. Serieus, man, dat is totale onzin."

Ik kijk terug over het water van het meer, de golven zijn zo grijs als de lucht vandaag. "Denk je dat mijn leven gespaard is om het hare te redden, Paolo?"

"Wat?"

"En heb ik dan nu mijn plicht gedaan?"

Paolo, de liefhebbende, behulpzame broer die hij altijd is geweest, geeft me weer een stomp in m'n maag. Wanneer ik weer rechtkom, geeft hij me een klap in mijn gezicht. "Neem een fucking douche voordat ik je in elkaar sla."

"Goed," mompel ik, en ik sleep me naar de badkamer. Ik zou een gevecht tegen mijn grote broer op dit moment nooit winnen. Zelfs als ik zou kunnen vechten, wat ik niet kan. "Echt fucking goed."

Ik sta onder de waterstraal tot het koud wordt. Ook dan, blijf ik er onder staan. Ik was mijn haar niet. Ik zeep me niet in. Ik blijf daar gewoon staan en laat het water over me heen lopen.

In de hoop dat het alle shit wegspoelt die ik in mijn leven heb gedaan en gezegd. Iedere slechte daad. Iedere daad van geweld. Alles wat het betekent om een Tacone te zijn.

Jammer dat zoiets niet mogelijk is.

HOOFDSTUK ZESTIEN

Marissa

IK WERK TOT SLUITINGSTIJD BIJ MILANO'S. Er zijn geen klanten, maar mijn nonno is achterin de inventaris aan het doen. Het herinnert me aan de avond dat Gio voor het eerst binnenkwam. Misschien is dat waarom ik half verwacht dat hij komt opdagen.

Of misschien is het gewoon wilde, onsterfelijke hoop.

Net zoals de hoop dat mijn moeder op een dag zal opdagen en zich zal verontschuldigen voor het missen van mijn jeugd.

Ja, natuurlijk.

Maar als ik de diepe tonen van Gio's stem hoor die van achteren komt, klopt mijn hart in mijn keel.

Hij is hier.

Aan het praten met Nonno. Misschien de dingen aan het rechtzetten.

Dat is hoe dom mijn gedachten zijn.

Ik ga net buiten de deuropening van de berging staan om zeker te zijn dat mijn fantasierijke gedachten onzin zijn. En dat zijn ze ook.

Het is niet Gio, maar het klinkt als hem. "Je chanteert geen Tacone en blijft in leven om het na te vertellen, oude man."

Een Tacone. Mijn hart gaat tekeer.

Gio's broer. Welke? Niet Junior. Het moet Paolo zijn.

"Je rekende erop dat mijn broer te veel van je kleindochter hield om je te doden, maar ik? Ik heb daar geen moeite mee, il vecchio. Ik ben verdomme meedogenloos. Vooral als het aankomt op het zorgen voor mijn jongere broer."

"Als je me neerschiet, gaat het bewijs naar de politie. Opnames van twintig jaar die iedereen in jouw organisatie erbij betrekken."

Ik duw mijn knokkels in mijn mond om niets te zeggen. Mijn grootvader chanteerde hen met oude opnames?

Is dit de echte reden waarom Gio het heeft uitgemaakt?

"Dan is dat maar zo. Er is geen organisatie meer. De politie gaat geen mensen oppakken voor kleine misdaden van twintig jaar geleden."

"Dat weet je niet." Ik hoor een mengeling van angst en trots in de stem van mijn grootvader.

"Luister goed naar me. We hebben Gio vorig jaar bijna verloren. En toen hij erdoorheen kwam? Toen was hij een schim van zijn vroegere zelf. Maar met Marissa, kwam hij weer tot leven. Hij was gelukkig - misschien wel voor de eerste keer ooit. En dat kon jij gewoon niet verdragen, hé? Wat heeft Gio jou ooit aangedaan? Jij hebt een probleem met onze oude man, maar je kunt het gewoon niet loslaten. Je moest hem terugpakken door iets moois te vernietigen. Zeg eens, Luigi, weet je kleindochter wat je gedaan hebt?"

Ik haal diep adem en loop door de deur. "Wat moet ik weten?"

Paolo leunt tegen een krat, een pistool nonchalant in zijn hand, rustend op zijn dij. Mijn grootvader staat tegenover hem in het midden van de voorraadkamer.

"Cazzo." Paolo stopt het pistool onmiddellijk achter in zijn broek, alsof hij niet wil dat ik het zie.

"Wat moet ik weten?" Herhaal ik.

Paolo tilt zijn kin op naar mijn grootvader. "Vertel het haar maar."

Mijn handpalmen zweten. Mijn ademhaling trilt. "Wat moet je me vertellen, Nonno?" Ik barst bijna uit in tranen.

De kin van mijn grootvader steekt naar voren. "Ik heb tegen Gio gezegd dat hij uit je buurt moest blijven, anders zou ik naar de politie gaan met bewijzen die ik in de loop van de jaren heb verzameld."

Mijn onderlip begint te trillen, maar het is de woede die mijn maag vult. "Waarom, Nonno?"

"Waarom? Omdat die man een probleem voor je is. Hij is gewelddadig. Je zag wat hij met je oude baas deed."

"Gio beschermde me. Hij redde me van die verschrikkelijke baas door het restaurant te kopen en hem te ontslaan. En toen redde hij mijn leven op het moment dat Arnie hier naartoe kwam om wraak te nemen. Net zoals hij ons gezin redde toen Mia geopereerd moest worden. Dus, als je begrijpt dat Gio eigenlijk de held is in dit verhaal - in mijn verhaal - dan denk ik dat je helemaal niets om me geeft." Hete, boze tranen lopen over mijn gezicht.

Nu begrijp ik waarom Lori zo'n beschuldigende toon aansloeg toen ze mijn grootouders vertelde hoe verdrietig ik was. Ze wisten vast allemaal wat Nonno gedaan had.

Hoe konden ze?

Het gevoel van verraad scheurt me in twee.

Nonno spreidt zijn handen. Voor de eerste keer kijkt hij onzeker. "Marissa, natuurlijk geef ik om je."

Ik trek mijn schort van me af. "Ik ben er klaar mee. Ik werk me te pletter om voor iedereen in deze familie te zorgen en als ik eindelijk iemand vind die voor mij wil zorgen, is dit wat je met hem doet." Ik gooi de schort op de grond. "Nou, ik accepteer dit niet. Als je niet al dat bewijs vernietigt en het goed maakt met de man van wie ik hou, zul je me nooit meer zien."

Het is iets absurds om te zeggen. Vooral voor mij - de persoon die zo bang is om verlaten te worden door de mensen van wie ze houdt. Het is gek dat ik met het einde van onze relatie dreig.

Maar ik meen elk woord ervan. Ik wil niet dat zij mijn enige kans op een liefdevolle, eerlijke relatie van me afpakken.

"Waar ga je heen?" Nonno roept naar mijn rug wanneer ik de deur uit loop naar het steegje.

"Ik wil Gio zien," mompel ik.

Ik ben op weg naar het station wanneer een prachtige Porsche 911 naast me komt rijden. "Ik breng je wel, Marissa." Het is Paolo.

Geen juffrouw onafhankelijk meer. Het is tijd om hulp te aanvaarden wanneer het aangeboden wordt. Accepteren en waarderen. Ik stap in. "Bedankt."

"Geen probleem. Luister..." Hij pauzeert alsof hij niet zeker weet wat hij moet zeggen.

Mijn woede over mijn grootvader verdwijnt genoeg om me te laten realiseren dat hij in gevaar is.

"Hij zal het bewijs niet aan de politie geven, Paolo," zeg ik snel. "Daar ben ik zeker van. Als hij echt iemand had willen neerhalen, had hij dat jaren geleden al gedaan. Het was een soort verzekering voor een moment als dit."

"Ja, dat dacht ik ook. Het was bluf. Hij heeft te veel te verliezen." Paolo werpt me een blik toe. "Ik wilde je nog vertellen dat jij je geen zorgen over hem hoeft te maken. Ik zal de oude man of iemand van je familie nooit kwaad doen. Oké?

"Omdat Gio om me geeft?"

"Dat is zeker een reden. Maar zelfs als hij dat niet deed, onze families hebben een geschiedenis. Zoals je zei, je grootvader had ze jaren geleden al kunnen inleveren, maar dat deed hij niet. En jij hebt ons beschermd toen de bratva ons allemaal wilde vermoorden. Je probeerde ons te waarschuwen. Ik ga dat niet weggooien door een oude man die chagrijnig is."

Ik zucht. "Chagrijning. Jij bent een stuk vergevingsgezinder dan dat ik me nu voel." Ik kijk naar zijn profiel. Hij lijkt op Gio, alleen de energie is harder. Gemener. Hij heeft bredere schouders en de lijnen op zijn gezicht maken hem ruwer. "Dank je dat je dit probeert op te lossen, Paolo." Ik denk na over hoe anders mijn leven eruit zou zien als ik nooit achter de waarheid was gekomen. Als ik door het leven was gegaan, denkend dat Gio me had verlaten. Ik zou nooit meer vertrouwen in de liefde hebben gehad. Ik zou mijn hart nog beter hebben beschermd en nooit nog iemand binnen hebben gelaten. Maar nu is mijn hart in twee gescheurd en gutst de emotie er langs alle kanten uit.

"Marissa... Gio is misschien niet in staat om te praten als je daar bent."

Ik word ongerust. Natuurlijk heeft Gio ook geleden. "Wat bedoel je?"

"Ik bedoel, hij was behoorlijk kapot van het verlies van jou, popje. Wees niet te hard voor hem als hij niet toonbaar is."

Mijn gedachten razen door me heen, over hoe ik Gio

kan helpen. Wat zou deze verschrikkelijke weken van apart zijn goedmaken.

"Um... kunnen we... vind je het erg om een stop te maken? Ik - ik wil graag wat boodschappen meenemen."

Paolo werpt me een bedenkelijke blik toe.

"Om eten voor hem te maken."

"Ah. Juist. Ik was vergeten dat je een kok bent. Tuurlijk." Hij verandert van rijbaan en brengt me naar een kruidenierswinkel. Ik heb mijn portemonnee niet bij me, en mijn telefoon ook niet, omdat ik naar buiten stormde zonder mijn tas mee te nemen, maar ik heb wel de fooi die ik vandaag verdiende op zak. Het zou genoeg moeten zijn om wat vlees en groenten te kopen. De rest kan ik improviseren.

Ik hoop alleen maar dat ik het goed kan maken.

∾

Gio

Terwijl ik onder de douche stond, gooide Paolo alle flessen en lege dozen van de afhaalmaaltijden weg en opende wat ramen om het huis te verluchten.

De douche hielp, maar het bracht me nog niet terug naar het land van de levenden. Ik sta al God weet hoe lang voor het raam naar het water te staren. Uren, misschien, te oordelen naar de manier waarop mijn voeten pijn doen. Of misschien is dat alleen omdat ze niet gewend zijn dat ik rechtop sta.

Ik hoor getik op de deur, maar ik beweeg niet.

Het dringt niet tot me door. Niet als iets dat een reactie vereist.

Maar ik draai me om wanneer de deur opengaat.

Paolo moet hem niet op slot hebben gedaan toen hij wegging. Ik knipper met mijn ogen omdat ik er vrij zeker van ben dat wat ik zie een hallucinatie is. Ben ik al nuchter? Ik kan me niet herinneren wanneer ik die laatste fles Jack op heb. Vanmorgen? Gisterenavond? Is dit een soort dronken droom? Want ik zie Marissa door mijn deuropening komen, haar whiskykleurige haar in een slordige knot bovenop haar hoofd opgestoken, een paar lokken die rond haar mooie gezicht vallen.

Ze heeft boodschappen in haar armen, alsof dit haar vaste avond is en ze is hier om voor mij te koken.

Ik zeg niets en ze glipt de keuken in.

Oh, mijn fucking God, dit is echt. Ze is echt hier.

Ik veeg met mijn hand over mijn ongeschoren gezicht, dankbaar dat ik tenminste schoon ben. Relatief nuchter.

Wacht... waarom is ze hier? Ik heb het uitgemaakt. Tenminste dat dacht ik. We kunnen dit niet doen. Niet zonder dat ik mijn hele familie in de problemen breng met de politie.

Ik ga naar de keuken en stop dan.

Marissa heeft zich uitgekleed en draagt enkel een schort terwijl ze olijfolie in een pan giet.

Ik leun tegen de deuropening om toe te kijken. Op dat moment zie ik de tranen over haar gezicht lopen.

"Dat is mooi, engel," zeg ik zacht. Ze draait zich om en geeft me de meest kwetsbare, liefdevolle blik over haar schouder.

Ik val er bijna van op mijn kont.

Ik loop langzaam naar voren, bang dat als ik te snel ga, ik haar zal bespringen. "Het zou mooier zijn zonder de tranen, hoor." Ik sla mijn armen van achteren om haar middel en kus haar nek.

Ze leunt achterover in mijn armen en wiegt heen en weer alsof ze wil dansen.

Mijn hersenen blijven maar schreeuwen dat ik haar niet moet aanraken. Haal haar uit mijn huis.

Maar ik kan het niet aan om het twee keer uit te maken met haar. Het is te veel om te verdragen. Ik kies ervoor om deze nacht met haar door te brengen en morgen te sterven, liever dan één moment van deze zoetheid te verwerpen.

"Schatje," mompel ik tegen de schelp van haar oor. "Ik heb je zo gemist."

"Ik heb jou ook gemist," snikt ze, terwijl nieuwe tranen over haar wangen lopen. De olie begint te roken in de pan en ze draait de gaspit uit. "Ik heb gehoord wat Nonno gedaan heeft," zegt ze.

Nu duizel ik. "Cazzo, engel. Het spijt me zo."

"Nee." Ze draait zich om, plotseling woest. "Je hoeft geen spijt te hebben. Ik ben degene die spijt heeft. Ik heb je iedere keer weggeduwd, en alles wat jij wilde doen was me alles geven. Mij beschermen." De kwetsbaarheid flitst weer over haar gezicht, maar ze slikt en zegt: "Hou je van me?"

"Si, bambina." Ik weet niet waarom het makkelijker is om dat in het Italiaans te zeggen. Maar ik verman me en ga door in het Engels. "Ik hou van je".

"Ik wil jou, Gio."

Ik denk niet dat ze alleen seksueel bedoelt. Ik denk dat ze mij in het geheel bedoelt. Maar mijn pik reageert sterk op haar woorden en plotseling ligt haar kont in mijn handen en ik til haar op zodat ze om mijn middel hangt terwijl ik haar kus. Haar heupen raken het aanrecht en ik wrijf mijn pik tegen de lap stof van haar schort die haar blote poesje bedekt.

"Ik wil alleen jou," zeg ik haar tussen de vurige kussen door. Tussen verstrengelde tongen. Deze kussen zijn bedoeld om haar op te eisen. Te straffen. Te belonen.

Ze antwoord met al haar passie. Haar handpalmen

grijpen mijn gezicht vast en ze beweegt haar lippen verwoed over de mijne, draaiend en proevend, verslindend.

Ik heb haar ergens nodig waar ik in haar kan beuken zonder blauwe plekken achter te laten. Ik draag haar de keuken uit, naar mijn slaapkamer, waar we elkaars kleren uittrekken. Nou, ik scheur haar schort van haar af en zij scheurt mijn kleren van mij af. Normaal ben ik graag de baas, maar haar enthousiasme en wanhoop, brengt me in extase nog voor ik haar op het bed heb vastgepind.

En wanneer ik dat doe?

Voelt het verdomme als thuiskomen.

Er is een kort voorspel, maar het maakt niet uit. Ze is nat voor mij. Wat goed is, want ik duw in haar voordat mijn hersenen het bevel registreren.

Ik neem haar polsen vast en stoot in haar. Ze doet haar ogen af en toe dicht en gaat op in de lust. Daarna doet ze haar ogen open en staart me strak aan. Alsof ze bang is om me te verliezen.

Alsof ze denkt dat ik nog een keer van haar weg zou lopen.

"Dit is het," zeg ik tegen haar, terwijl ik diep in haar stoot en een draaiende beweging maak die ik nooit meer wil stoppen. "Niet meer weglopen van mij."

Ze schudt haar hoofd. "Niet meer weglopen," beaamt ze. "Het spijt me, Gio."

"Nee. Je hoeft geen spijt te hebben," zeg ik tussen de stoten door. "Ik neem het je niet kwalijk. Ik zeg je dat ik je niet weer laat gaan. Deze keer blijf je. Voor altijd."

Ik zie tranen in haar ogen, dus ik kus haar nog een keer, dan rol ik haar om en sla haar langs achter.

Het voelt zo goed om weer in haar te zitten. Zo goed. Ik hou haar schouder vast en respecteer haar lichaam, terwijl ze wanhopig kreunt en mijn pik nog harder voor haar maakt.

En ik ga het niet veel langer volhouden.

"Ben je er bijna, engel? Duw je omhoog zodat ik in die tepels kan knijpen."

Ze tilt haar borst op van het bed en ik knijp in één strakke tepel en rol die tussen mijn vingers. "Ik ben er nog niet," hijgt ze.

Fuck. Ik probeer het tegen te houden.

"Ik ben er klaar voor."

En daar ga ik. Ik spuit al voor ik diep ga. Ik stoot nog een paar keer, begraaf me dan tot het uiterste in haar en beweeg mijn heupen zodat ik in haar stoot terwijl ik stevig binnenblijf.

Ik zie hoe alle spieren van haar rug zich aanspannen en haar poesje samentrekt. Haar kont en dijen spannen op, haar benen wijd open, en ik vind het al jammer dat het voorbij is want ik wil haar nog een keer neuken.

Ze is zo verdomd mooi.

Ik blijf haar langzaam inwendig strelen tot we allebei niet meer klaarkomen. Zelfs dan wil ik niet stoppen. En dan realiseer ik me dat ik een condoom ben vergeten.

Ik zou een leugenaar zijn als ik zei dat het me spijt. Ik heb nog nooit kinderen gewild en ik mag dan veertig zijn, maar ik zou alles geven om een gezin te stichten met Marissa. Maar we hadden het natuurlijk eerst moeten bespreken.

Ik trek me terug en laat me op mijn zij vallen. "Ik ben met m'n blote pik naar binnen gegaan, engel. Het spijt me, ik verloor mijn verstand. Ik beloof dat ik clean ben."

"Ik weet het," mompelt ze, terwijl ze haar gezicht naar me toedraait.

Ik streel langs haar ruggengraat, bewonder de zachte curve. Ik leg mijn handpalm op haar kont en geef er een kusje op. "Het maakt niet uit, want ik ga je houden," verklaar ik, hoewel ik haar gezicht goed in de gaten houd wanneer ik haar een kusje geef.

Ze is gelukkig. Ik weet niet hoe ik dat kan zien, maar ik weet het. Ze heeft nooit gewild dat ik haar opgaf, ondanks het feit dat ze me wegduwde.

"Het spijt me dat ik niet voor je heb gevochten, engel. Ik kon het gewoon niet opnemen tegen iemand van wie je houdt. Iemand die om je geeft en het beste voor je wil."

Haar kaak spant op en ze schudt haar hoofd. "Als hij om me gaf, zou hij me niet zo'n pijn hebben gedaan."

Ik trek aan het elastiekje dat haar warrige haar in de losse knot boven op haar hoofd houdt en kijk hoe de honingkleurige lokken over haar schouders vallen. "Hoe ben je erachter gekomen?"

"Paolo kwam langs om een gesprek met hem te hebben."

Een schok van alarm gaat door me heen. Ik ga rechtop zitten. "Oh shit."

"Nee, nee, nee." Ze pakt mijn arm vast en gaat ook rechtop zitten. Mijn hersenen haperen bij het zien van haar kleine borsten, maar ik richt mijn aandacht weer op het probleem waar ik mee zit. Namelijk mijn broer. "Het is oké. Hij zei me dat hij hem nooit pijn zou doen." Tranen vullen haar ogen. "Hij heeft mijn grootvader een hele speech gegeven over hoe..." Ze slikt.

Nog steeds gealarmeerd, gaan mijn wenkbrauwen omlaag. "Hoe wat?"

"Hoe gelukkig je met mij was?"

Ik pak de achterkant van haar hoofd en druk mijn lippen weer op de hare. "Zo verdomd gelukkig," zeg ik tegen haar. "En ik ben er klaar mee dat jij niet gelukkig bent, Marissa. Ik koop Milano's zodat je grootouders met pensioen kunnen. En jij en ik openen ons eigen restaurant, met jou als chef-kok. En een piano. En een manager die al de dingen doet die wij niet willen doen."

Wanneer ze in tranen uitbarst, duw ik haar terug op het bed en bedek haar slanke lichaam met het mijne. "Het wordt allemaal geregeld, Marissa. Je bent van mij. Zeg het, nu."

Ze knippert met haar waterige ogen. "Ik ben van jou, Gio," fluistert ze.

"Zeg het luider."

"Ik ben van jou."

Ik schud mijn hoofd en zeg streng: "Ik laat je niet meer gaan."

Ze reikt naar mijn gezicht en trekt me naar beneden. "Dat is je geraden."

Ik laat mijn lippen over de hare glijden, verken haar zachtheid, proef haar zoetheid. "Ik hou van je, engel."

Ze slaat beide armen om mijn nek. "Ik hou ook van jou, Gio."

En dan ben ik plotseling uitgehongerd, aangezien ik niet heb gegeten in... ik weet het niet - dagen. "Was je iets in de keuken aan het maken, schoonheid?"

De glimlach die zich over haar gezicht uitstrekt doet mijn hart sneller slaan. "Ja, daar was ik mee bezig. Hongerig?"

"Uitgehongerd, engel."

"Mooi zo. Ze schuift uit bed, alsof mij bedienen haar favoriete bezigheid is. "Ik ga wat te eten maken voor ons."

Ik wil zuchten als een meisje.

Nu weet ik zeker waarom mijn leven gespaard werd. Het was om zeker te zijn dat Marissa's leven ook gespaard zou blijven. Omdat we voor elkaar bestemd waren. Om te geven en te ontvangen en elkaar gelukkig te maken. En samen gelukkig zijn, want ik ken dat Dr. Phil verhaal over dat niet alleen de ander verantwoordelijk is voor je geluk.

Ik loop achter mijn mooie chef aan, kijk hoe haar blote kont beweegt wanneer ze wegloopt en haar schort om haar middel knoopt.

Zelfs als ik morgen zou sterven, zou ik gelukkig sterven. Voldaan. Zo anders dan hoe ik me vorig jaar voelde over mijn leven, toen die kogel door mijn lichaam ging.

Alles wat ik nodig had was een reden om te leven.

En nu heb ik haar gevonden.

EPILOOG

Paolo

"Het eten was heerlijk," zegt Ma terwijl de bediening onze borden afruimt. Het is de feestelijke opening van Giovanni's, het nieuwe restaurant van Marissa en Gio in het centrum. Gio kocht een commercieel pand aan het meer, vlak bij hun appartement, met kamerbrede ramen die uitkijken over het water. Mensen komen hier alleen al voor het uitzicht, en dan hebben we het nog niet over het heerlijke eten van Marissa. Maar afgaande op de familiebijeenkomst van vorige week en wat ik vanavond geproefd heb, gaat dat ook voor vele extra klanten zorgen.

En de piano? Ik weet niet waarom het me zo hard doet glimlachen. Misschien gewoon omdat ik me herinner dat Gio droomde van zijn pianobar toen hij zes jaar oud was.

En nu doet hij het echt.

Waarom verdomme eigenlijk niet?

De man kwam terug uit de dood. Dat zou er bij mij ook voor zorgen dat ik al mijn verloren kansen zou willen najagen.

De hele familie is hier - tenminste degene die in

Chicago wonen plus Nico, die er in geslaagd is weg te glippen van zijn verplichtingen om het Bellissimo te runnen, en Marissa's familie is er ook.

Ik heb Luigi de hand geschud toen hij binnenkwam. Ik ga geen wrok koesteren. We hadden een paar gesprekken waarbij ik een beetje mijn gewicht in de schaal legde, maar nu is alles opgelost.

Hij gaf me de tapes. Gio kocht Milano's en dwong hen te stoppen. Hij en Marissa heropenden het als een razend populaire lunchplek en verjongden het hele blok.

Marissa is de koningin van de zaak vanavond, ze draagt een aanpassende groenblauwe jurk en speelt gastvrouw. Haar keukenpersoneel, waaronder een vriendin van het restaurant waar ze vroeger werkte, bereidde haar creaties vanavond.

Gio staat achter haar, laat zien dat hij haar heeft opgeëist, beschermt zijn prijs.

Opnieuw, waarom verdomme eigenlijk niet? Hij verdient haar.

Nu het dessert wordt geserveerd, loopt Gio naar de piano, net zoals altijd. Hij gaat zitten en speelt een bekend liedje. Een liedje van Train, denk ik - dat melige Marry Me nummer. Hij begint te glimlachen wanneer hij Marry You van Bruno Mars speelt. Hij zingt de tekst niet, dus ik weet niet of iemand het al doorheeft.

Nog belangrijker, ik denk niet dat Marissa het al doorheeft.

Ik wacht op het volgende liedje. Deze keer zet Gio de microfoon aan en zingt - iets wat hij niet vaak doet, ook al heeft hij een geweldige stem. Het is Marry Me van Dean Martin.

Ma hapt naar adem waardoor iedereen rechtop gaat zitten om te luisteren.

"Hé, Marissa," roep ik. "Ik denk dat je man je iets wil vragen."

Marissa schiet overeind, gaat dan prompt weer zitten, staat dan op, bedekt haar mond en bloost.

"Kom op, ga bij hem staan," dringt haar tante aan terwijl ze haar naar de piano duwt.

Gio beëindigt het lied in totale Gio-stijl - de vrouwenverslinder die hij vroeger was. Wanneer hij klaar is, grijpt hij Marissa om haar middel en trekt haar voor iedereen op zijn schoot. De oudere mensen gniffelen nerveus terwijl de rest van ons juicht.

"Marissa, ik hou van je. Ik denk dat je nu wel weet dat ik je nooit meer laat gaan." Nog meer nerveus gelach van de familie. "Laten we het officieel maken, engel. Wil je mijn ring dragen?" Hij haalt een ringendoosje uit zijn jaszak en maakt het open. Er zit een peervormige diamant in zo groot als een dubbeltje.

Marissa barst in tranen uit terwijl ze lacht. "Ja, Gio. Ik laat jou ook nooit meer gaan." Ze pakt de ring en schuift hem om haar vinger.

Mijn telefoon zoemt en omdat ik zie dat het een telefoontje van Stefano is, sta ik op en loop naar de garderobe om op te nemen. "Gio heeft net zijn meisje ten huwelijk gevraagd," zeg ik tegen onze jongste broer.

"Ja? Feliciteer hem van mij. Vrijgezellenfeest in het Bellissimo natuurlijk."

"Natuurlijk, natuurlijk. Wat is er?"

"Luister, we hebben een probleem en ik vroeg me af of jij het kon oplossen."

"Ja? Wat is het?"

"Ik heb net ontdekt dat een hacker een deel van elke transactie van de casinorekeningen van de afgelopen zes jaar heeft gestolen. Ongeveer honderdvijftigduizend in totaal.

We hebben het geld nu naar een buitenlandse rekening overgezet. Het enige geld dat er op staat is van het Bellissimo zelf. En waar is het geld dat gestolen werd naartoe gegegaan? Schoolgeld aan de Northwestern University."

"Nu begrijp ik waarom je mij nodig hebt. Dus, iemand gebruikt het om zijn kind te laten studeren?"

"Eigenlijk, denk ik dat het kind de hacker is. Geëmancipeerd op haar zestiende, ze is nu een afgestudeerde student in computerwetenschappen. Haar naam is Caitlin West. Ik stuur je nu een foto en adres."

Hij stuurt de foto en mijn pik wordt hard. Haar wil ik wel neuken. Een sexy, donkerharige nerd met een reusachtige bril met zwart montuur en snoepkleurige lipgloss staart me met een pikante blik aan. Ze ziet eruit als het soort dat een slordige knot en versleten T-shirts draagt om naar de bibliotheek te gaan, maar in het weekend stiekem wegsluipt in een strak leren korset, shortje en hoge laarsjes om mannen af te ranselen in de plaatselijke kerker.

"Nou, nou, nou, mijn hete kleine hacker," mompel ik, starend naar het scherm. "Het is tijd om de rekening te betalen."

~

Bedankt voor het lezen van De Hand van de Dode Man. Als je de bonusepiloog van hun verlovingsnacht wilt lezen, schrijf je dan in voor mijn nieuwsbrief op https://subscribepage.com/reneerose_nl . Als je al abonnee bent, staan de links naar het bonusmateriaal onderaan iedere nieuwsbrief.

WIL JE MEER VEGAS UNDERGROUND?

Geniet van dit fragment uit *Wild Card*

Caitlin

Vuisten op borsthoogte, ellebogen naar achteren, ik leid mijn dans-cardioklas door wat booty-shaking op het liedje, Sweet but Psycho.

Ja, dat is eigenlijk mijn liedje.

"Stap tik, gooi je hand naar voren," zing ik in de microfoon, terwijl ik overdrijf met de bewegingen om ervoor te zorgen dat de klas kan volgen.

Dans-cardio is mijn ding. Ik geef het vier avonden per week in het sportcentrum van de campus en volg andere bewegingslessen op mijn vrije avonden. Alles om me in beweging te houden, wat waarschijnlijk vreemd lijkt voor een computernerd.

Het is bijna een obsessie, maar het is niet zo dat ik mijn lichaam haat. Ik train niet om een ideaal lichaam te hebben of om er op een bepaalde manier uit te zien.

Ik moet gewoon bewegen. Anders heb ik het moeilijk om in mijn lichaam te blijven.

Dissociatieve stoornis is de officiële diagnose. Ik haak af wanneer de dingen te intens voor me worden. Beweging helpt. Pijn en seks werken nog beter.

Algemene conclusie - ik ben gebroken.

Maar dat maakt niet veel uit, want mijn tijd raakt op.

De geldkraan die ik op het casino van de Tacone familie heb gezet - degene waar ik een vijfde van een cent van elke transactie afhaalde - werd twee weken geleden stopgezet.

En ook al gebruikte ik een buitenlandse rekening om het geld op te zetten voordat het gebruikt werd voor het collegegeld van mijn broer en mij te betalen, is er een kans dat het spoor naar mij zal leiden.

Maar dat wist ik toen ik aan mijn wraakplan begon.

"Wijde tweede positie, diep inademen." Ik begin met de cool down. Die is altijd te snel voorbij. Ik begeleid de klas door de laatste stretchoefeningen en bedank ze allemaal voor hun komst.

"Dank je, Caitlin." Mijn studenten zwaaien en glimlachen wanneer ze weggaan. Hier ben ik bijna normaal. Ik zou net zoals ieder van hen kunnen zijn. Een mooie, breed glimlachende afgestudeerde student die een workout doet.

Wanneer mensen me een beetje beter leren kennen, zien ze de gekke dingen. Dan beslissen ze dat ik het meisje ben waar ze omheen moeten draaien. Wat ik helemaal prima vind.

Ik pak mijn handdoek en ga douchen, terwijl ik mijn telefoon pak om mijn berichten te controleren. Niet dat ik er ooit heb. Het is een gewoonte uit de tijd dat mijn broer Trevor nog in een pleeggezin zat. Ik flipte als hij niet iedere dag contact met me opnam om me te laten weten dat hij nog leefde.

Alles is nu oké. Het is niet meer de nachtmerrie waar ik vroeger in leefde.

Het is één van de vele eigenaardigheden die ik aan de Tacones te danken heb. Het neveneffect van een vader die vermoord werd door de maffia.

Maar nu ik mijn wraak heb gehad, nu ze voor mij komen, denk ik dat ik het wespennest niet had moeten wakker maken.

Ik was waarschijnlijk beter voor Trevor levend dan dood. Ook al heb ik genoeg geld gestolen om ons collegegeld te betalen.

Ik kan hem maar beter waarschuwen. Ik draai zijn nummer en hij neemt meteen op.

"Hoi, Caitie." Hij is de enige die me zo mag noemen.

"Hoi, Trevor. Alles goed?"

"Ja. Waarom zou het niet zo zijn?" Het is soms raar voor mij hoe normaal hij is geworden in vergelijking met mij. Maar hij had een fatsoenlijk pleeggezin. En hij had mij.

Ik had alleen maar problemen en mezelf om op terug te vallen.

"Hé, ik moet je iets vertellen, maar het komt wel goed," zeg ik snel, alleen maar om de woorden eruit te krijgen. Ik heb het hem al vier keer proberen te vertellen sinds het geld werd stopgezet, maar ik durfde het nooit.

"Wat is er?"

"Um, ik heb misschien een bedrijf gehackt waar ik beter niet mee had gerotzooid."

"Oh shit. Wat is er gebeurd? Zit je in de gevangenis?"

"Nope, niet de gevangenis. Het zal waarschijnlijk niet die kant op gaan. Weet je nog wie pap vermoord heeft?"

Trevor wordt doodstil. Wanneer hij praat, klinkt zijn stem bang. "Zeg me dat je het niet gedaan hebt."

"Toch wel. Ze komen er vast niet achter, maar als dat wel zo is, weet je dan nog waar we elkaar zouden ontmoeten als er iets misging met de pleegzorg?

Ik weet niet waarom ik in codetaal spreek. Het is niet dat de maffia nu in de kleedkamer zit. Of mijn telefoon afluistert.

"Ik herinner het me."

"Als ik moet vluchten, dan ga ik daarheen. Oké?"

"Shit, Caitie. Dit is niet goed. Ben je gek?"

"Dat is wat ze zeggen," herinner ik hem met een zingende stem. "Hoe dan ook, er gaat niets gebeuren. Ik vond gewoon dat ik het je moest vertellen voor het geval dat."

"Misschien moet jij je daar nu al maar gaan verstoppen."

"Nee, ik weet niet eens of het spoor naar mij zal leiden. Maar als dat zo is, los ik het wel op. Ik wil niet dat jij je zorgen maakt."

"Ja, ik maak me zeker zorgen."

Mijn borst wordt warm. Trevor is het enige goede in mijn leven.

"Nou, niet doen. Je kent me - ik kan voor mezelf zorgen. Ik los het wel op. Wees alleen voorzichtig met sms'jes van me en geef mijn locatie niet door als iemand ernaar vraagt."

"Dat zal ik niet doen. Shit, Caitlin."

"Het is oké. Ik beloof het. Ik sms je morgen."

"Goed. Wees voorzichtig."

"Zal ik doen." Ik hang op en stop mijn telefoon in mijn tas voordat ik mijn bezwete kleren uittrek en onder de douche stap.

Als ik maar geloof dat ik dit allemaal onder controle heb.

Ik spoel me af terwijl het liedje Sweet but Psycho nog op repeat staat in mijn hoofd.

Paolo

Ik breek binnen in het appartement van Caitlin - aka WYLDE-West met de sleutel die ik heb laten maken door een slotenmaker die me nog een gunst verschuldigd was. Ik heb een van mijn handlangers gestuurd om haar de afgelopen week in de gaten te houden en me de details over haar gewoontes door te geven, dus ik weet dat ze nu haar dans-cardioles geeft.

Ik weet dat ze bijna thuiskomt en ik kijk er naar uit om haar te verrassen wanneer ze aankomt.

Intimidatie is een kunstvorm die ik mijn hele leven heb geperfectioneerd en ik ga de kleine hacker die het casino van mijn familie viseerde, de stuipen op het lijf jagen.

Als tweede zoon van Don Tacone, hoofd van de grootste misdaadfamilie in Chicago, leerde ik als peuter mijn vingers te kraken en een bepaalde houding aan te nemen. Hoe ik een pak slaag moest geven, leerde ik op mijn zes jaar.

Meestal doen mijn reputatie en de flits van een pistool al het werk dat nodig is. Het komt zelden voor dat ik iemand echt pijn moet doen of een echte bedreiging moet uiten.

Dus toen mijn broer me vroeg om voor onze hacker te zorgen, was ik blij dat ik dat mocht doen. Vooral nadat ik een foto van de computernerd had gezien. De bijnaam Wylde lijkt bij haar te passen. Het is niet de warboel van lang dik haar of een zwarte bril. Het is de roze lipgloss op haar grijnzende mond die me doet denken dat ze niet de asociale nerd is die je zou verwachten van iemand met haar uitzonderlijke vaardigheden.

Het huis is klein - ik denk dat ze dit een studio noemen - met de keuken tegen de ene muur en het bed tegen de andere, en een kleine badkamer naast het woon-/eetgedeelte. Het is een puinhoop. Overal kleren. Vuile vaat op ieder oppervlak.

Ik pak een minuscule witte string met één vinger op.

Nerds in hete slipjes. Dat zou een obsessie kunnen zijn. Past een beetje bij het sexy bibliothecaris-ding. Ik gooi het slipje in haar wasmand en ga verder met mijn onderzoek.

De muren en het bureau staan vol met stapels boeken en computerapparatuur. Een oude fiets staat tegen een muur geparkeerd, de helm hangt aan het stuur.

Ik dwaal rond, snuffel door haar spullen. Brood en bonen in de kasten. Bevroren burrito's in de vriezer. Ze leeft zeker niet groot met ons geld.

Volgens mijn broer Stefano is al het gestolen geld van een buitenlandse rekening naar de administratie van de Northwestern University overgemaakt. Misschien moet ik het nobel vinden dat ze alleen steelt voor haar opleiding, maar dat vind ik niet. Ze rotzooide met de verkeerde familie.

Ik stop om haar prikbord te bekijken. De roosters van de plaatselijke yoga- en dansstudio's hangen over de kaartjes van afhaalrestaurants. Er is maar één foto - van Caitlin en een jonge man. Ik haal de foto eraf en bekijk hem.

Het is haar jongere broer, Trevor - ik zie een gelijkenis.

Hij is mijn geheim dat ik achter de hand houd. Ik heb een man die deze twintigjarige jongen in de gaten houdt, een kunststudent aan dezelfde universiteit. Mijn kleine hacker gaat echt geen geintjes uithalen als ik haar broers ballen tussen de bankschroef heb.

Ze zal ons geld teruggeven - het van iemand anders stelen of wat anders doen - en ik zal overwegen om ze allebei te laten leven.

Normaal gesproken zou dat geen Tacone beleid zijn, maar ze is een meid.

En een lekkere ook.

Plus, ik doe vrouwen geen pijn.

Ik doorzoek haar kast en glimlach wanneer ik de kleren vind die ik half verwachtte of hoopte te vinden. Het gevoel dat ik kreeg was juist. Ze heeft kinky shit - visnetten. minishortjes. Gescheurde doorschijnende topjes. Stripteasekleding, alleen is ze geen stripper.

Ik wist verdomme dat dit meisje freaky was.

Ik zweer dat ik het aan de foto kon zien. Die computernerd past gewoon niet bij haar, ondanks de grote zwarte bril en slordige kleren. Iets aan haar schreeuwt gewoon om seks. Misschien is het de snoepkleurige lipgloss op die volle lippen. Of de manier waarop ze zichzelf gedraagt. Ze staat gewoon voor seksueel genot.

En daarom kijk ik al de hele week uit naar deze ontmoeting.

Ik kijk op de klok. Bijna showtime. Ik gooi de kleren die op de fauteuil liggen op de grond en maak het me comfortabel terwijl ik wacht.

Ik neem niet eens de moeite om een pistool te pakken om op mijn dij te laten rusten, zoals ik bij een kerel zou doen.

Ze zal al bang genoeg zijn wanneer ze me in haar appartement vindt.

En ik zou daar geen stijve van moeten krijgen, maar het gebeurt toch.

Maar zelfs na mijn onderzoek en mijn eigen vermoedens, ben ik nog steeds niet voorbereid op de hete sexy hacker die binnenkomt lopen.

Ze komt haar appartement binnen met oordopjes in haar oren, blijkbaar nog steeds aan het jammen op haar workout-muziek. Ze draagt een yogabroek en een jasje, dat ze meteen uittrekt en op de grond laat vallen. Daaronder draagt ze een crop top dat pronkt met een perfect gevormd middenrif onder een paar parmantige borsten. Haar donkere haar wordt bovenop haar hoofd bijeengehouden in een dikke, slordige knot en ze draagt een felle lipgloss die me doet denken aan hoe haar mond eruit zou zien rond mijn pik.

Ze merkt me niet op wanneer ze binnenkomt. Ze merkt bijna niets op. Ze lijkt in gedachten verzonken en loopt meteen naar de keuken, schenkt zichzelf een kom Golden Grahams ontbijtgranen en melk in en begint rechtopstaand te eten.

Pas dan draait ze zich om en ziet ze mij.

De kom cornflakes klettert op de grond wanneer haar gil door de lucht klinkt. Melkspetters vliegen alle kanten op.

Haar grote ogen vallen op die van mij, haar mooie mond valt open.

Maar ze herstelt zich veel sneller dan ik had verwacht. Slechts één korte gil en daarna is ze stil.

"Hallo, Caitlin."

"Oh." Haar handpalm gaat over haar gespierde buik om de melkspetters weg te vegen en daarna droogt ze die af aan haar kont. En het is een hele mooie kont.

"Hebben de Tacones je gestuurd?" Ze klinkt buiten adem. Mooi zo. Ze verwachtte me.

"Ik heb mezelf gestuurd."

"Meneer Tacone, dan."

En dat is wanneer ik besef dat mijn gebruikelijke intimidatie een totale en complete mislukking is.

Want de kleine hacker schuift langzaam haar hand tussen haar benen, houdt mijn blik vast terwijl ze haar vingers daar krult, zichzelf aanrakend alsof ze porno kijkt.

Of beter gezegd, alsof zij de pornoster is terwijl ze weet dat ze me kan bezitten met die simpele beweging.

Wild Card

WIL JE GRATIS BOEKEN?

Ga naar https://www.subscribepage.com/reneerose_nl om je in te schrijven voor Renee Rose's nieuwsbrief en ontvang gratis boeken. Naast de

WIL JE GRATIS BOEKEN?

gratis verhalen, krijg je ook speciale prijzen, exclusieve previews en nieuws over nieuwe uitgaves.

ANDERE BOEKEN VAN RENEE ROSE

Vegas Underground

Koning van de diamanten

Maffia Papa

Schoppenboer

Hartenaas

Joker

Zijn Klaverenkoningin

De hand van de dode man

Wild Card

OVER RENEE ROSE

USA TODAY BESTSELLING AUTHOR RENEE ROSE houdt van een dominante alpha held met vieze praatjes! Ze heeft meer dan twee miljoen exemplaren verkocht van stomende romances met verschillende niveaus van erotiek. Haar boeken zijn verschenen in USA Today's Happily Ever After en Popsugar. Ze is in 2013 uitgeroepen tot Eroticon USA's Next Top Erotic Author, en heeft ook Spunky and Sassy's Favoriete Sci-Fi and Anthology author gewonnen, The Romance Reviews Beste Historische Romance, en heeft meer dan een dozijn keer de USA Today lijst gehaald met haar Chicago Bratva, Bad Boy Alpha en Wolf Ranch series en verschillende anthologieën.

Renee houdt ervan om met lezers in contact te komen!
https://www.reneeroseromance.com
reneeroseauthor@gmail.com

Printed in Poland
by Amazon Fulfillment
Poland Sp. z o.o., Wrocław